UN HILITO DE SANGRE

EUSEBIO RUVALCABA

Un hilito de sangre

Diseño de portada: Planeta Arte & Diseño / René Zubieta Méndez
Fotografía del autor: Archivo Eusebio Ruvalcaba

Bajo el sello editorial JOAQUÍN MORTIZ M.R.
Avenida Presidente Masarik núm. 111,
Piso 2, Polanco V Sección, Miguel Hidalgo
C.P. 11560, Ciudad de México
www.planetadelibros.com.mx

Primera edición en formato epub: junio de 2024
ISBN: 978-607-39-1339-3

Primera edición impresa en México: junio de 2024
ISBN: 978-607-39-1291-4

Impreso en los talleres de Operadora Quitresa, S.A. de C.V.
Goma 167 Granjas México, Iztacalco
Ciudad de México, C.P. 08400
Impreso en México - *Printed in Mexico*

Para Alonso y Flor

Tú, que has de juzgarme, no juzgues tan sólo
este libro o aquél; ven al sitio sagrado
donde los retratos de mis amigos cuelgan y miran.
(...)
piensa dónde la gloria del hombre comienza y
termina
y di que mi gloria fue tener tales amigos.

The Municipal Gallery Revisited
W. B. YEATS

La amistad es todo el hogar que poseo.

Estrangement
W. B. YEATS

Soneto XXX

Cuando en las dulces sesiones de silencioso pensamiento
convoco memoria de cosas pasadas,
suspiro al recordar tantas cosas anheladas,
y con viejos dolores lamento el desperdicio de mi tiempo
querido:
entonces se inunda mi ojo, habituado a no llorar,
por los valiosos amigos escondidos en la noche sin tiempo de
la muerte,
y lloro una vez más angustias de amor desde hace tiempo
olvidadas,
y gimo sobre la pérdida de tantas imágenes desvanecidas:
entonces puedo lamentarme ante desgracias ya pasadas,
y pesadamente, de dolor en dolor, volver a contar
la triste cuenta de los ya sufridos lamentos,
la cual nuevamente pago como si no la hubiera pagado antes.
Pero si, mientras tanto, pienso en ti, querido amigo,
todas las pérdidas son restituidas y los dolores terminan.

WILLIAM SHAKESPEARE

1

Nadie da un quinto por un chofer, me dijo mi papá el día que le comuniqué mi decisión de ser chofer de una casa rica. Ganarías más manejando un camión trailero, un taxi o un repartidor de refrescos. Mucho más que como chofer de una casa particular.

Pero es que mi papá está ciego. Quiero decir, ciego de adentro. Y si nadie le había abierto los ojos menos lo haría yo, que estaba para que me los abrieran a mí pero no yo a otro. ¿O no?

Para mí la máxima ambición de la vida era tener un trabajo de chofer. Porque tenía dos ventajas, digo, el trabajo, no yo. La primera, manejar un hipercarrérrimo de ésos que todo el mundo se les queda viendo, y la segunda, que te coges a la señora de la casa. Porque en las casas ricas siempre es igual: las señoras están bien ganosas porque su marido ni caso les hace. Y eso quería yo, manejar el coche del patrón y tirarme a su esposa que, a fuerzas, estaría en su punto: entre los cuarenta y los cincuenta, con ganas de tenerla siempre adentro.

Más ciego, pues, no podía estar mi papá. Pero así y todo me dijo te me vas a estudiar un curso por las tardes, aunque sea una carrera técnica pero me estudias doble para que de grande seas algo de provecho. Ya sabía yo que a fuerzas iba a decir la palabra provecho, si le encanta. Tiene varias palabras consentidas: provecho, puto gobierno, obedezcan a su mamá, arráncate a la esquina y tráeme el periódico. Pero vamos con la palabra provecho, que para mi papá es lo mismo que aburrido, por eso cuando llega enojado del trabajo y está uno viendo la televisión o simplemente tirado en la cama, te dice: ya, tú, haz algo de provecho, levanta tu recámara o hazle algún mandado a tu mamá.

Y yo creo que esta vez también andaba medio enchilado porque me dijo de una vez te me vas al metro y me copias direcciones y teléfonos de las escuelas que están anunciadas adentro de los trenes, y no me vayas a venir con las manos vacías porque vas a ver cómo te va. Todavía ni me había ido y ya me estaba amenazando.

Salí a la calle arrastrando el ánimo como un teporocho arrastra su cobija hecha jirones. Ni siquiera me pude despedir de mi mamá porque a lo mejor y la convencía de ir hasta mañana al metro, o de que me dejara seguir mi vocación de chofer. Pero con ella ya no se cuenta por las tardes, por su dichoso Stanhome, su Avon y su Tupperware, que anda de una casa en otra vendiéndoles a las señoras que no tienen otra cosa que hacer más que comprar y comprar. ¿Y su hijo, qué? Pues que se amuele, enfrentándose al gorila de su padre. Monstruo.

Caminé unas cuadras hacia el sur, para pasar frente a la casa de mi novia Osbelia. También había acabado el segundo de secundaria, como yo, y aunque ahorita estaba de vacaciones en Guadalajara con sus primos jaliscienses, los que viven en Tlaquepaque y de los que se siente tan orgullosa, nada más porque hacen vasos de cristal rojo. Bueno, ella no está tan orgullosa, la que está orgullosa es su mamá. Pues seguro y nada más de pasar frente a su casa se me paraba, así es siempre. Nomás de imaginarme que está acostada en la cama hablando por teléfono con la falda hasta arriba, a mí se me paraba, como si tuviera un resorte adentro. Y ahora ya era automático, aunque supiera que no estaba aquí, que andaba con los putos tapatíos, a mí se me iba a parar, de seguro que sí. ¿O no?

Estamos en secundarias diferentes. Cuando menos a veinticinco cuadras de distancia, lo mínimo. Pero yo corro y llego en punto de la hora que ella sale. Y allí está: güerita de ojos azules y con algunos barros en la cara pero con una minifalda que nomás se agacha y se le ve todo. Diez minutos después llega su mamá por ella, pero cuando menos ya le había arrancado dos me gustas, me había enseñado el tirante de su brasier y me había dejado que le besara el filito de los labios. Como en las tardes no la dejan salir porque tiene que hacer sus tareas, los sábados y los domingos nos desquitamos.

Calculé mi tiempo. De mi casa al metro se hacían diez minutos, más lo que me llevaba recorrer un par de vagones y anotar algunas direcciones, no tardaría más de media hora. Pero a mi papá le diría que, para que viera que yo tenía muy buenas intenciones, me había propuesto conseguir los teléfonos de las escuelas más baratas, y que para eso me había seguido hasta la estación Pantitlán y ahí había transbordado. De tal modo que me sobraría una hora y quince minutos simple y llanamente para tirarme en el pastito frente a la casa de Osbelia y pensar en ella. Una hora no era nada. A fuerzas que mi papá se quedaría así, recargado en un poste o tirado en el pasto frente a la casa de mi mamá. Ése era un buen argumento para defenderme, si acaso alguien le iba con el chisme. Porque nunca falta el espontáneo, como en los toros. ¿O no?

Para llegar a la casa de mi novia Osbelia tenía que cruzar el parque España.

El parque España era algo así como lo hipermaximérrimo para los que estábamos en la primaria Alfonso Herrera. Si te portabas bien, te mandaban al parque con el portero de la escuela, si tu grupo ganaba el premio de aprovechamiento, el viernes por la mañana tenías aseguradas dos horas en los juegos mecánicos del parque, y todos los sábados mi papá nos llevaba ahí a mi hermana y a mí a jugar. Conocía yo cada rincón, cada escondite; el parque no era muy grande, pero tenía sus secretos. Y aunque ya habían pasado dos años de que había dejado la primaria y de que mi papá casi no nos llevaba, me seguía gustando igual.

Los calzones que prefería de mi novia Osbelia eran de color verde, y el parque me los recordó. Ella usaba de todos los colores, sobre todo rojos y blancos. Los verdes eran como el pasto, verde oscuro. Un día que ella misma se levantó la falda y me los enseñó me dijo que a veces su mamá los usaba del mismo color, y que la ventaja que tenían era que se podían usar muchos días porque no se notaba cuando se ensuciaban. Mejor dicho, eso no me lo dijo, yo estoy exagerando; pero lo pensé, que viene siendo casi lo mismo. ¿O no?

Veía el pasto y veía los calzones de Osbelia. Más allá, no mucho, un poquito, la fuente aventaba chorros gigantescos de agua. Me acosté y dejé que el tiempo empezara a correr. Tenía una hora a mi favor y de una buena vez podría empezar a sacarle jugo. Tan bonito era ver los calzones de Osbelia como verme jugar el yoyo. Sabía hacer todas las suertes. Nadie me ganaba. Salvo un niño, el cual era absoluta y totalmente invencible, porque jugaba igual de bien con una mano que con la otra. Así me vi jugando pero en realidad yo nunca jugué enfrente de la gente, me daba pena. Prefería jugar sin que nadie me viera. Era una de las cosas que me gustaba hacer a escondidas. Porque había muchas; rezar, otra. Jamás pude rezar en la iglesia. Aunque las personas no te veían, aunque nadie se fijara en ti, era muy difícil ponerse a rezar con tantas imágenes espiándote, y tu papá y tu mamá y tu hermana a un lado de ti, y las campanitas dale y dale y el olor del incienso que se te metía por las narices y recorría todo tu cuerpo hasta ir a dar a los pulmones, claro, a qué otro lugar podía ir a dar. ¿O no?

También leer me gustaba hacerlo a solas. Leyendo era bueno, muy bueno. Siempre me sacaba diez, en la primaria, y en la secundaria, con el maestro de español, nueve punto cinco, nueve punto cuatro, nueve punto siete. Mi máxima hasta ahora ha sido nueve punto nueve, y el maestro dijo que ningún otro alumno suyo, en los treinta años que tenía de maestro, había sacado nueve punto nueve. Ojalá y el año que entra llegue a diez. Leía yo, y ahí sí, todos alrededor valían gorro. Quiero decir, que yo a fuerzas me metía en lo que estaba leyendo y no dejaba que nadie me echara a perder ese momento, así fuera que hubieran atropellado a mi mamá o que mi papá se hubiera caído de la azotea, yo seguía leyendo tal cual. Y no era fácil aguantar la concentración porque se leía de pie, frente a todo el grupo, con el maestro y su bicolor anotándote las fallas y los aciertos. Mirándote atentamente de arriba abajo, como si también mover una rodilla contara para la calificación final. Leer a solas tenía más ventajas. Era mucho más entretenido y entendías más porque no tenías que preocuparte de leer bien.

Bueno, si dije de qué color eran los calzones de mi novia Osbelia también puedo decir de qué color los usa mi mamá: negros, ciento por ciento negros. Yo lo sé por dos cosas. Porque después de bañarse siempre los deja en el tubo de la cortina del baño, y porque cuando se ponía a coser a máquina yo me asomaba. Tenía yo una patrulla alemana de color rojo, Mercedes Benz, que si le ponías pilas sonaba la sirena y se encendía una luz azul en el techo, una patrulla americana a la que con el volante se le podían mover las llantas de adelante, y una carcacha que si le dabas cuerda caminaba solita. Yo las empujaba por toda la casa, de rodillas, haciéndome trizas el pantalón y espiando a mi mamá cada vez que podía. Me tiraba en el suelo y me rodaba de un lado a otro, dizque para alcanzar una de las patrullas, y a cada vuelta que daba me volteaba a ver a mi mamá. Nunca me falló y jamás me cachó. Así que me consta que sus calzones siempre fueron negros, aunque no los mismos, supongo.

Acostado en el pasto, veía cómo el agua salía y salía de la fuente. Me gustaría más ser una gota de agua que una fuente. Una gota que sólo viviera unos segundos en el aire, y que se confundiera con todas las demás para luego hacerse invisible en el agua.

No regresaría a mi casa.

Iría a ver a Osbelia a Guadalajara, eso sí me pareció algo de provecho. ¿Por qué conformarme con pasar frente a su casa si podía estar con ella?

Me fui derechito a ver a mi primo Miguel Ángel, el Gordo. Habíamos decidido comprarnos una bicicleta entre los dos de diecisiete velocidades, y él tenía guardados mis ahorros: trescientos nueve mil pesos, lo tenía apuntado en la mente y en la libretita, donde él firmaba cada vez que le daba dinero.

Se puso rojo cuando se lo pedí. Fue por la caja y me dijo llévatelo, luego lo cuentas, pero por si las dudas lo conté delante de él. Sólo había doscientos mil, ni un quinto más. Es que me compré unos pantalones de emergencia, porque eran de oportunidad en el tianguis, me dijo, todo moviéndose como los perros cuando les acaban de dar una patada. Le iba a soltar un cabronazo, pero dije no, es mi primo, el que más quiero, y él no sabía que le iba a pedir el dinero, en realidad yo soy el que se está rajando. Así que solamente le di un pellizco en los huevos y me salí. Gritó de dolor, pero no me la regresó porque sabía que era su castigo. A él si le hubiera podido confesar que me iba yo a Guadalajara a ver a Osbelia, pero estoy seguro que iría corriendo a decírselo a mi tía Chati, quien inmediatamente le llamaría por teléfono a mi mamá, y si no estaba a mi papá, y así luego luego darían conmigo.

Ya era libre.

Caminé hasta la estación del metro Chapultepec y llegué a la de Cien Metros en cuarenta minutos. Me gustaba medir el tiempo que hacía el metro de una estación a otra, y compararlo con el tiempo que decían los anuncios del propio metro. Cómo me asombraba que casi siempre era el mismo. Se me hacía increíble que las cosas pudieran funcionar tan bien. ¿O no?

Subirme en el metro era como entrar en el cine. Había de todo: los clásicos señores enojados que todo lo toman en serio, las señoras gordas que todo el tiempo se están quitando el sudor con un clínex, las chavas con falditas cortérrimas, a las que si te ponías listo siempre era posible verles los calzones, y los chavos banda que se la pasan aventándose o nalgueando a las muchachas, fueran o no acompañadas. Iba poca gente y me senté en el asiento reservado para los inválidos; apliqué el truco CD para no despertar sospechas, que es el truco del Cojo Desvalido. Es muy fácil: nada más entras torciendo la pierna y con cara de sufrimiento, como Cristo cargando su cruz.

El truco CD lo tenía bien estudiado, pues me había salvado de situaciones bastante difíciles en más de una ocasión. Porque no había fiesta a la que no fuera Carmelita, mi hermana, a la que no me ordenaran acompañarla. Y me ordenaban porque me ordenaban, no me daban a escoger. Siempre era lo mismo: Hijo, ahora sí te vas a divertir. Vas a acompañar a tu hermana a una fiesta del colegio. La cuidas, eh, te pones listo. Pero antes de que vayas, arráncate a la tienda y tráeme una coca familiar porque me voy a preparar unos chupitos. No podía ser de otra manera. Ya lo dije: cada vez que mi papá me dirigía la palabra quería decir que algo se le ofrecía, y aunque no se le ofreciera nada, lo inventaba. ¿O no?

Pues a esas fiestas iba de bastón, a fuerzas. Porque me chocaba bailar. Así que en cuanto me veían entrar, las preguntas, sobre todo de las señoras, siempre eran las mismas: ¿Qué te pasó? (me caí de la bici) ¿Te duele? (nada más si estoy parado, y luego luego me ofrecían una silla) ¿Te traemos un refresquito? (mejor una copita). Y me servían el refresco porque aunque se me hiciera agua la boca y la baba se me estuviera cayendo, la copita jamás tenía como destino ponerme un levesín alegre.

De más de cuatrocientas fiestas a las que fui, sólo una me gustó: la primera. La señora de la casa me recibió con mucho cariño, más del normal, se ve que le gusté. Me decía siéntate aquí, cerquita de mí, por si se te ofrece algo. Y yo le decía gracias, señora, no se moleste, y ella me decía, muy melodiosamente, como una caja de música que sonara suave, muy suave: dime señora Margo. Y luego me preguntaba: ¿No tienes calentura?, y me tomaba la mano y la acariciaba un ratote. Y yo le respondía: como que tengo síntomas, estos golpes de la bicicleta siempre tienen consecuencias. Se agachaba y dos chichotas se le querían salir, como que el vestido las detenía a fuerzas. Diosito, dame una mano y que se le salgan, déjame ver esas chichotas, déjame verlas y te prometo que no me vuelvo a puñetear en la vida. Pero nada, esas chichotas jamás se salían de su lugar y la señora Margo con mi mano bien apretada. Así que le dije, señalándome el bulto que ya se me notaba en el pantalón: oiga, ¿no quiere que se la presente? Con todo y la música que estaba a todo volumen, se oyó en toda la sala el golpazo que me dio. Salí corriendo con mi hermana Carmelita agarrada de la mano. Ni siquiera me acordé del bastón.

Una niña que iba enfrente de mí se me quedó viendo. ¿Se te perdió algo?, le dije con el ojo derecho. ¿Qué me ves, botellita de jerez?, le dije con el ojo izquierdo. Pero ella no dejaba de mirarme fijamente, sin parpadear, como si no se acordara dónde había visto mi cara, o como si en lugar de nariz trajera un gusano, o como si un pájaro me hubiera llenado de caca. Y lo peor es que estaba federalérrima, por donde se le viera: las piernas las tenía de chango, peludas y flacas, las cejas bien tupidas, más que el bigote de mi papá, que lo usa como Zapata, y los ojotes los tenía como platos, grandotes y fijos en mí.

Hasta que yo me le quedé viendo igual. El metro arrancaba y frenaba, daba curvas hacia la derecha y hacia la izquierda, y yo no le quitaba la vista de encima. Pero, ojo, que apliqué el truco VF, que es tener la Vista Fija, pero híper-fijérrima en un objetivo, al grado de que cuando empiezan a doler los ojos te aguantas y no los mueves un milímetro. De aquí sales con los ojos tuyos pegados a los míos, pero ahora sí va en serio. Le dije sin decirlo, pero bastó con que ella hiciera como la lucha por perforarme con su vista poderosísima, para que yo mirara para otro lado. Qué quemada, me dije, ya me venció. Pero cuál quemada, lo que pasó fue que se le acercó un señor y la levantó con mucho cuidado, ¡era cieguita! Chin, pensé, qué mala onda. ¿O no?

Cuando llegué a Cien Metros se bajó casi toda la gente. Porque se iban de viaje. Algunos llevaban maletas y otros morrales grandes. También había los que llevaban bolsas con tortas y latas de coca, sprai o pepsi. Luego luego se les ve en la cara cuando van a viajar, inmediatacamente. Me sentí triste. Siempre cuando había viajado alguien me había acompañado a la estación. Siempre.

Así me fueron a dejar mis papás al aeropuerto cuando me mandaron a Mérida, a que pasara allá las vacaciones grandes cuando salí de la primaria. Me fui con mis tíos. Ellos vinieron a México por mí. Ni siquiera son yucatecos cabezones, son de aquí, de la capital, pero viven en Mérida desde hace años, porque a mi tío Ezequiel le ofrecieron un trabajo allí, para que administrara el *Gran Hotel*. Y entonces viven bien, porque no tienen hijos y no saben cómo gastar el dinero. Que es mucho. Su casa es grande, con muchas salas y alberca. Convencieron a mis papás de que me fuera a Mérida de vacaciones, que allí estaría yo en contacto con las civilizaciones prehispánicas y sería como tomar clases de historia en vivo, lo cual sería para mí muy de provecho. No se lo hubieran dicho dos veces a mi papá. Apenas oyó la palabra provecho y estuvo de acuerdo. Mi mamá se opuso y le salió una lagrimita. Los oí discutir en la noche. Le dijo a mi papá que me iba a extrañar muchísimo, que nunca había pasado tanto tiempo fuera de la casa, que yo estaba muy chico y que seguramente iba a correr algún peligro. Que aunque los tíos eran su hermano y su cuñada no era igual ni se comparaba con el cariño de los padres. Pero cuando mi papá tomaba una decisión, aunque le demostraran que estaba equivocado, no daba su brazo a torcer. Y dijo: no, no y no. Ese viaje va a ser de mucho provecho para el escuincle, y como que me llamo Rogelio Rosas Fuentes, que mijo se va de vacaciones a Mérida.

Por supuesto, jamás me preguntaron si quería ir.

Nunca en mi vida me había subido a un avión. Me senté junto a la ventanilla, luego mi tía Conchita y luego mi tío Ezequiel. Sustote que me llevé cuando el avión empezó a ir más y más rápido y de pronto despegó. El estómago me dio un vuelco. A cualquiera le daría, ¿o no? La señorita que iba de aquí para allá me había dicho no te vayas a espantar, nada más ponte bien tu cinturón. Y se agachó para abrochármelo. Entonces vi que no traía nada abajo. Fueron las primeras chichis que vi en mi vida. Como la blusa le quedaba guanga, le vi todo, pero todérrimo. Nada más de acordarme ya se me está parando. Las tenía grandes y el pezón color de rosa. Me movía como chinicuil para que no me pudiera abrochar el cinturón, y ella entre más lucha le hacía más se le movían. Por fin me abrochó el cinturón y me dijo: ¿no te puedes estar en paz? Claro que podía pero no quería.

Hasta que sentí el jalón del avión dejé de pensar en sus chichis. Poco a poco y despacito despacito fue subiendo. Los coches se fueron haciendo chiquitos, las casas se fueron haciendo chiquitas, todo se fue haciendo chiquititito, pero la mía seguía igual de grandota. ¿Qué cuidadosas son las azafatas con los niños, verdad?, me preguntó mi tío Ezequiel, y yo nomás le dije, con la voz que casi ni podía hablar: Uh, sí, cuidadosérrimas.

Llegamos a Mérida y cuando me bajé del avión sentí como un baño de agua hirviendo. ¿Tienes calor?, me preguntó mi tía Conchita, con la pintura de un ojo que ya se le escurría por el cachete. Hasta la pregunta era necia. Cuando la azafata que me abrochó el cinturón nos despidió a la salida, me le quedé viendo con la mirada YTVT, que significa Ya Te Vi Todo.

Tomamos un taxi y llegamos a casa de mis tíos en unos cuantos minutos. De veras que era una casa grande. Me llevaron hasta una recámara y me dijeron: Éste va a ser tu cuarto. Le vamos a poner tu televisión y diario te vamos a dar unos pesos, para que puedas comer algún antojo o darte tu vuelta al centro. ¿Aquí no se roban a los niños?, pregunté nomás de sangrón, porque yo en México andaba suelto y solo como Pedro por su casa. Para nada, dijo mi tío Ezequiel, aquí puedes andar con toda confianza, nada más llévate apuntado el teléfono y avísanos cuando salgas. Les dije: Al carajo, ni madres que quiero nada de esto, lo que quiero es regresarme a México; pero nada más me imaginé que se los dije porque lo que en realidad dije fue: gracias por todo, de veras se los agradezco.

Nunca nada me había aburrido tanto como las pirámides. No eran más que un montón de piedras con figuras monstruosas. Mi tío Ezequiel se desgañitaba la garganta contándome las leyendas de los mayas. Y yo lo escuchaba, pero a mí los que me gustaban de los antiguos eran los romanos. No los mayas. Sabía yo cómo vestían, cómo eran sus casas, cómo adiestraban a sus ejércitos. Y sobre todo el circo romano, pocas cosas me emocionaban tanto como ver cuando les echaban los cristianos a los leones. O los vestidos de las romanas, que siempre andaban bien escotadas y cuando se sentaban y cruzaban las piernas la falda se les subía hasta cl muslo.

Tenía dos meses de vacaciones y el primer mes se pasó híper-rapidérrimo. Hablaba por teléfono con mis papás los domingos temprano y la verdad ya no los extrañaba nadita. Porque apliqué el truco A, que es el truco del Abandonado. Tú te sientes abandonado y ya no extrañas a nadie, ni ganas dan de enterarse de la vida de esas personas.

Me di cuenta que con el calor la gente cambia. Se vuelven más alegres y más despiertas.

El primer cambio lo noté en mi tía Conchita.

Voy a decir cómo era. No estaba gorda ni flaca sino más bien como las muchachas de las revistas. Su cara era delgada y el pelo lo tenía largo y negro. Me trataba con mucho cariño y yo juro por Dios y todos los santos —y si no que mis papás se mueran— que para mí era como una maestra de ésas con las que te encariñas mucho, o como ese angelito de la guarda que nunca se deja ver. Así la veía yo. Hasta que la vi más de la cuenta.

No fue mi culpa.

Ese día mi tío Ezequiel salió muy temprano porque quería recibir personalmente a unos huéspedes muy importantes en el aeropuerto, y a mí me dieron ganas de ir a platicar con mi tía Conchita. Quién sabe, había agarrado ya mucha confianza y entraba y salía por todas partes como si toda mi vida hubiera vivido en esa casa. Jamás tocaba las puertas porque cuando mi tío Ezequiel quería que nadie entrara las cerraba por dentro. A mí mismo me lo dijo: ponle el seguro a tu puerta si no quieres que nadie entre.

Okey.

Pues yo iba vuelto madres y así me metí a la recámara de mi tía Conchita. Para esto ya la había buscado en la cocina, el jardín y el cuarto donde hace su gimnasia. Así que entré a la recámara, a fuerzas que sí. Y tamaña sorpresota que me llevé. Estaba ahí, en la cama, acostada sobre las sábanas, con los ojitos cerraditos pero sin nada encima, ni siquiera los aretes. Vi en un segundo lo que tenía que ver: sus chichis, su ombligo, sus pelitos y sus piernas, toda de una piel blanquísima. Cuando vi que hizo un gemido y entreabría los ojos, salí disparado.

A partir de ese momento ya no pude ver igual a mi tía Conchita. No cabía duda que el calor hacía que las personas hicieran cosas diferentes. Pero vivir a su lado, el mes que me quedaba en

Mérida, fue lo peor que había vivido hasta entonces.

Apliqué todos mis trucos para que mi tía Conchita se dejara agarrar, o cuando menos me dejara ver algo, pero nada. Me enfermé de los ojos para que me pusiera bolsitas de té de manzanilla y se acercara mucho a mí, me dieron cólicos para que pusiera sus manos adorables en mı panza y me la frotara, me caí a propósito y despellejé una rodilla para que me la curara y se agachara un poco más de la cuenta. Pero fue inútil. Lo único que saqué fue que me regresaran a México una semana antes de lo previsto, por lo enfermo que me había puesto últimamcntc y todos los accidentes que había sufrido.

Por último, me la jugué en el aeropuerto. Pensé en escribir una carta y dársela, pero quizás ni siquiera le entendería a mi letra y no la leería de pura flojera, además de que a lo mejor el que la leía era mi tío Ezequiel y podía yo comprometerla. Así que aproveché cuando mi tío se fue a resellar el boleto, para decirle. Estábamos en la cola, y mi tío se hallaba a no más de tres metros, pero me dije demuestra que no eres un cobarde. Entonces me le acerqué, me paré de puntitas para alcanzar su oreja, y le dije. Ella, cuando se dio cuenta de que yo quería decirle algo secreto, agachó su hermosísima cabeza, dejó que su pelo cubriera mi cara, y escuchó: Tía Conchita, no te vayas a enojar conmigo, pero eres la mujer más linda del mundo. ¡Oh, gracias!, me dijo, y me dio un beso en la mejilla. Cuando se acercó mi tío Ezequiel ella no dijo nada, lo cual me pareció de lo más correcto y maduro. ¿O no?

Pues la central camionera se hallaba atiborrada de gente, que iba de aquí para allá cargando cosas y comprando otras, cuando decidí formarme en la cola de Autobuses de Occidente. Llegaban a Guadalajara en menos tiempo que los autobuses de primera, y además te cobraban menos, lo cual me pareció una grandísima ventaja, ¿o no?

Estaba formado, recordando las chichis de mi tía Conchita, y mandándole un beso hasta la península yucateca, cuando alguien me tocó el hombro. Me volteé para ver quién interrumpía mis pensamientos, y me quedé helado, no, helado no, petrificado, o más que eso, petrifi-

2

Cadérrimo. ¡Era la cieguita con el viejo que la ayudó a levantarse! O mejor dicho: el viejo con la cieguita a la que ayudó a levantarse.

Me dijo:

—¿Te pido un favor, muchacho?

—Claro, señor —tuve que responder, sin salir de mi desconcierto.

—¿Te podría encargar cinco minutitos a Magdita? Mírala, pobrecita, está cieguita. Pero es que no sé dónde dejarla, y aquí hay muchos hombres que abusan de las menores y como tú me das confianza... Cinco minutos, voy al baño y regreso.

—Bueno —le dije—, con mucho gusto.

Me dio la mano de la cieguita y me obligó a tomarla. Y lo hice; después de todo, yo me había burlado de ella en el metro, aunque sin querer y no propiamente burlado, por eso le agarré la mano, más por culpa que por gusto.

En realidad yo hacía muchas cosas por culpa. Creo que la mitad de las cosas que hacía. Me entraba muchísimo arrepentimiento después de haber hecho una maldad, y como que a eso se le llama culpa, ¿o no? Pero sobre todo a partir de que el padre de la Santa Rosa de Lima, el padre Roque, me dijo, o mejor dicho me amenazó: si no te arrepientes de tus pecados no solamente te vas a ir al infierno, sino que tu madre va a sufrir mucho. Se me hizo mala onda. ¿Por qué tenía ella que sufrir por mí? En otras palabras, si me arrepentía aseguraba la felicidad de mi mamá. Bueno, de allí en adelante me arrepentiría. Y procuraría hacer acciones buenas como penitencia. Así me arrepentiría. O cuando menos le haría la lucha. Digo que antes no sentía culpa. Ni pizca. Pero bueno.

—¿Cómo te llamas? —le pregunté a la cieguita, siquiera para iniciar una conversación mientras regresaba el viejo. No es que a mí me gustara mucho platicar, aunque tenga mis palabras domingueras, pero así el tiempo se iría más rápido.

Y como si hubiera oído la pregunta, el viejo, que apenas había caminado unos pasos, se volteó hacia mí y me gritó: ¡Ah, también es sorda… y mudita!

¿O sea que no ve, ni oye, ni habla? Bueno, seguramente su papá, su abuelito, padrino o lo que fuera, no tardaría mucho en regresar. Así que bien me podría pasar unos minutos con un maniquí. Nomás iba a hacer de cuenta como si estuviera en el Palacio de Hierro. De cualquier forma yo no tenía necesidad de hablar con ella. Vamos, no hablar, ni siquiera de dirigirle la palabra. Porque si se la dirigía, ¿de qué serviría?

Digo que antes no tenía culpa porque es cierto. Apenas hace cosa de un año y medio lo confirmé. En la casa teníamos un mocito, Gabino. Era más chico que yo. Él tenía diez años y yo once y medio. Una vez lo vi entrar en la casa muy sospechoso. Venía de la calle y traía una bolsa de estraza. Lo seguí y se fue derechito a su cuarto. Desde donde estaba vi cómo abría la bolsa y miraba lánguidamente lo que había adentro. ¿Qué será?, me dije, si hasta los ojos se le enternecían a Gabino nomás de ver. Esperé a que mi mamá lo mandara por el pan para echar un ojito. Y lo hice. Adentro de la bolsa había un pajarito, que a leguas se notaba que estaba enfermo. Trataba de volar y apenas podía batir las alas una o dos veces, y se cansaba como si fuera un pájaro viejín. Entonces lo saqué, lo acomodé arriba de una tabla, le puse un yúrex para que no se moviera y le corté la cabeza. El cuerpo lo tiré en el bote de la basura y volví a meter la cabecita en la bolsa. Cuando Gabino regresó y dejó el pan en la cocina, lo primero que hizo fue correr a su cuarto. ¡La cara que hizo cuando abrió la bolsa! No lo creía. Se daba de topes en la pared y el pelo se lo jalaba como si se lo quisiera arrancar. No sentí la menor culpa. Para nada. Creo que me daba más tristeza que un globo se me fuera al cielo. Los minutos fueron pasando y la cola para comprar los boletos se fue reduciendo. ¿Y si le compraba de una vez sus boletos al viejo y la cieguita? Así les haría el favor completo. Pero en realidad, yo no estaba seguro si ellos querían ir a Guadalajara o a otro lado, o a lo mejor estaban esperando a una tercera persona y se irían más tarde. El viejo se me había acercado, pero eso no significaba nada de lo que yo estaba suponiendo, ¿o no? Así que cuando llegué con la señorita y me preguntó cuántos boletos quería le dije que sólo uno, el mío, que ojalá tuviera uno junto a la ventanilla. Sí, me dijo. ¿A qué horas sale el próximo? En media hora, me respondió. Oiga, le pregunté, hablando un poco más quedito y volteando a ver si nadie me veía: ¿traen baño los camiones? Claro, me dijo. ¿Quieres el boleto o no? Sí, sí lo quiero. Y me lo dio.

Pregunté lo del baño por una razón muy sencilla, que por cierto me da vergüenza confesar. Una vez tomé el camión a Veracruz y no llevaba baño. En el camino me empezaron a dar ganas. Si las ganas hubieran sido del uno no habría habido tanto problema, porque como quiera que sea te la aprietas y se te pasa la desesperación, pero como eran del dos, entonces sí ya no sabía cómo hacerle ni dónde meterme. Había comido dos tortas y un café con leche en la Tapo y eso fue lo que me aflojó el empaque. Llegó un momento en que no pude más y me levanté del asiento y le pregunté al chofer: ¿Falta mucho para una parada? Como dos horas, me dijo. Eran las dos de la mañana de un día de diciembre y hacía un frío tremendo, pero de todos modos me aventé. ¡Y que me respondiera rápido, porque ya me estaba ganando! Oiga, sabe qué, que ya no me aguanto las ganas de ir al baño. Se lo juro por Dios. Y si no se para y me espera tantito va a ocurrir una verdadera desgracia. Esto lo pensé, no se lo dije. Pero por mi cara, habrá supuesto lo que pensaba. Dijo uh, ah, oh, qué caray, y casi maldijo a su madre, pero al fin se detuvo a la orilla de la carretera. Lo malo es que no había ni un arbolito para esconderse. Así que eché la carrera hasta lo más oscurito, donde sólo se oía el ruido de insectos, miles de grillos y demás. Y bajo la luz de la luna y las estrellas, me bajé los pantalones y los chonitos. Pero nada, las ganas se me habían ido. El chofer empezó a frenar chsss, chsss, para apresurarme. Y entonces apliqué el truco AM que es A Morir. Pujaría a morir, con todas mis fuerzas, así echara por el draculín hasta el estómago. Puf, puf, puf, y entonces sentí cómo me salía todo, como si alguien hubiera tenido la amabilidad de quitarme un tapón. El camión que no dejaba de accionar los frenos de aire y yo que no dejaba de sentir un consuelo enorme. Claro está que no tenía ni con qué limpiarme, pero así y todo por fin me sentí como un gran señor. Como un Kevin Costner, ¿o no? Por cierto, qué diferencia entrar en el camión y oír los ronquidos de los pasajeros, después de haber oído los grillos.

Vi la hora en mi reloj y vi la hora en el boleto. Eran las cinco de la tarde y a las cinco y media salía el camión. Cuando menos hacía quince minutos que el viejo había ido al baño y me empecé a preocupar, porque hacerse cargo de una cieguita sordomuda tiene sus complicaciones, por más experimentado que sea el cuidador, ¿o no?

Me dije —porque, repito, si se lo hubiera dicho a ella habría sido en balde—: si nos vamos a sentar y el viejo viene y no nos ve va a creer que me robé a la cieguita —¿cómo se llamaba? Ya ni me acordaba. Así que mejor me quedé parado cerca de la cola. Con la cieguita agarrándome la mano.

Toda la gente se nos quedaba viendo. Y la verdad me empezó a dar pena, como cuando formas parte de la escolta y sientes clavadas en ti todas las miradas de la escuela. Alguna vez, no sé ni por qué ni cómo llegué ahí, pero yo pertenecí a la escolta del Alfonso Herrera. Los maestros decían que para cualquier niño era lo máximo, pues quería decir que eras aplicado y muy obediente. Digo que a mí me tocó una sola vez, en quinto, y nomás de acordarme me da coraje. Como no podíamos doblar la bandera entre mi compañero y yo, como las líneas nos quedaban chuecas, le dije: Haz de cuenta que es una cobija, agárrala así y así, ¿a poco nunca has doblado una cobija? Y para que se riera, le dije: ¡Que tire la primera piedra el que no haya doblado una cobija!, jar, jar, jar. Uy, no se lo hubiera dicho. Hasta mandaron llamar a mis papás porque yo había comparado a la bandera con una cobija. ¡Qué mala onda! Me di cuenta que cuando la gente quiere exagerar algo lo exagera, y que de nada sirve que defiendas tu inocencia. Putete, le dije al niño que había ido con el chisme. Y si no te gustó, o si vas de vuelta de hocicón, a la salida te rompo la cara. Y ahí murió.

Pero creo que en ese momento lo que en realidad me daba pena era otra cosa. Y me da pena decirlo pero voy a decirlo. Sentado, parado, arrodillado, caminando, corriendo o en bicicleta, yo siempre había estado junto a mujeres bellas, ejemplos de verdadera escultura femenina. Y ahora estaba parado junto a una cieguita sordomuda fellisérrima, casi casi hermana de Fredy, el de las calles del infierno. Quién sabe si me dé a entender. Pero lo que yo quiero decir es que toda la gente se me quedaba viendo. Eso es lo que quiero decir. Porque no es cualquier cosa. Muchos pensarían que era Carmelita, mi hermana, y quizás alguno se atrevería a pensar que era Osbelia, mi novia. Quién sabe. Todo es posible. O simplemente alguien podría pensar que yo era su novio. Y no, ahí sí ya no. La cosa es que no había persona que no nos viera cuando menos un segundo más de lo normal. Y si alguien se ha sentido incómodo, no se compara con la incomodidad que me afligía en ese momento.

Así pasaron otros diez minutos. ¿Alguno de ustedes se ha puesto a pensar lo que son diez minutos contados segundo por segundo? Todo el tiempo del mundo. Los últimos diez minutos de una película, de un partido de futbol, de básquet o de beis, o hasta de una carrera olímpica, son los mejores. ¿O no? Así que yo había llevado la contabilidad de los últimos diez minutos, y sentí que estaba llegando al límite de mi paciencia, por no decir de mi naturaleza. ¿Tenía coraje?, ¿nervios?, ¿angustia? Quién sabe, pero o se me venía a la cabeza el modo de salir de esa situación o mi cabeza explotaría cual solitaria burbuja de jabón. Así que apliqué el truco CM, que significa Concentración al Máximo. Cuando menos dos minutos me concentré como el gato ante el agujero del ratón, o como cuando esperas que una chava se baje del coche y enseñe pierna, cosa que puede ocurrir en el momento y el lugar menos esperado, ¿o no?

Y dio resultado porque una idea maravillosa vino a mi santa mentalidad: dejaría a la cieguita —¿cómo se llamaba?, ¿cómo?, ¡cómo!— un par de minutos, solita, allí parada, y mientras tanto yo iría al baño a buscar al viejo. Sí, eso estaba bien, excelente. ¿Cómo no se me había ocurrido antes? En caso de que el viejo regresara, vería a la cieguita y todos contentos. Así que me quité la mano toda pegajosa de la cieguita y le dije, por pura cortesía: ahoritita vengo, de aquí no te vayas a mover. Pero todavía no acababa de decírselo ni de quitarme su mano —porque yo no la tenía agarrada a ella, ella me tenía agarrado a mí—, cuando me apretó duro, durérrimo, como diciendo no estoy de acuerdo con la idea, papucho de papuchos. Hice otra vez el intento por soltarme, pero no pude. ¡Tenía más fuerza que yo! Entonces me dije o me zafo o me zafo, y apliqué el truco I, que es el del Inocente, y que consiste en agarrar una mano y soltar la otra, rápido, pertinaz y simultáneamente. Algo difícil de lograr pero no imposible. Y así lo hice. Con mi mano suelta le agarré su mano suelta y en el instante del cambio le quité las dos. Dio resultado. Ahora tenía mis dos manos conmigo. Sinceramente yo era mucha pieza, más que una cieguita sordomuda, dicho sea esto de paso y con todo respeto. Pero entonces se le pusieron los ojos rojos. Esos ojotes como discos de cuarenta y cinco revoluciones se le pusieron rojos, rojérrimos, y de pronto de cada uno empezó a escurrir una inevitable lagrimiux. Puta, me voy o me quedo...

No tuve más remedio que volverle a dar la mano.

¡Y se sonrió! ¡Por Dios que se sonrió!

Pero ahora faltaban trece minutos para que se fuera mi camión.

No podía permanecer ajeno, indiferente o extraño frente al número trece. Siempre había significado algo en mi vida; no sólo había nacido un trece de agosto a las trece horas, sino que era el treceavo lugar en todo: en aprovechamiento, en conducta, en inglés, en la fila, en la lista de novios de Osbelia, sí, ha llegado el momento de que lo confiese: yo era su novio número trece —en otras palabras había tenido doce novios antes que yo—, y francamente era algo que me enorgullecía. Y así se lo hice saber: mi nombre principia con la letra número trece del abecedario y yo soy tu novio número trece. ¿No es casual, verdad? Nomás se rió.

Entonces esa mirada turbia y circunferencial de la cieguita me dio otra idea, más genial aún. Porque a veces me veía en la inminente necesidad de demostrar que yo era un genio, ¿o no?

Bueno, pues haría yo con otras personas lo que el viejo había hecho conmigo. Exactamente, ni más ni menos. Una idea genial, efectivamente. Se la encargaría a alguien, unos minutitos nada más. Tomaría la mano de ese alguien, le daría la mano de la cieguita y listo. Sin moverme de mi lugar, empecé a llamar a las personas que pasaban cerca. Pero nadie se acercaba. Quién sabe que pensarían, a lo mejor que estábamos pidiendo limosna. No lo sé. Como lo dije antes, todo es posible. Pero la cosa es que todos —todos, dije todos— pasaban junto a nosotros y nadie se acercaba. Como si no los llamara. O como si no existiéramos. O sea, no que no nos vieran, nos veían mucho, pero los llamaba y no me hacían caso, al contrario, era como si les dijera hazte para allá, vete de aquí porque aquí apesta. Eso era. Y el tiempo que no se detenía. Ya quedaban los clásicos cinco minutos, si no es que menos, por fracción de segundos, para las cinco y media. Yo ya debería estar sentado en mi lugar, tranquilamente y pensando en Osbelia. Hasta oí cómo dijeron por el micrófono que los pasajeros con destino a Guadalajara de las cinco y media de Autobuses de Occidente, que abordaran su camión por el andén veintisiete.

Comparé la hora de mi reloj con la del reloj gigantesco que estaba colgado en medio del pasillo. Marcaba la misma hora: cinco veintiséis.

Y nadie se acercaba.

Cinco veintisiete.

Cinco veintiocho.

El veintiocho de julio era el cumpleaños de mi hermana Carmelita. Y, modestia aparte, aquí sí me voy a ver bien: yo era el único que se lo festejaba. Es que mi hermana tiene el gran problema de llamarse como mi mamá. Las dos Cármenes, Carmelitas, Carmencitas o como se quiera. Y mi mamá le robaba cámara. Todas las llamadas eran para ella, todas las visitas eran para ella. ¿Y mai síster? Bien gracias. Por eso yo le festejaba su cumpleaños. Porque el veintiocho, también de julio, como el de su santo, que cae en dieciséis, era su día. Nada más de ella. Debería de haber una ley que prohibiera que los papás les pusieran el mismo nombre que ellos a sus hijos. De todas maneras primero están muy contentos y ya después ni caso les hacen. Menos mal que mi hermana también se llama Flor. A veces yo le digo nada más Flor, pero ella ni en cuenta.

Cinco veintinueve.

Ni modo. De pronto di un jalón con todas mis fuerzas y retiré mi mano de la mano de la cieguita. Ahora sí, estaba nuevamente libre. Corrí hacia los andenes, cuando una especie de quejido, apenas audible, lastimero, muy lastimero, me hizo voltear. Era la cieguita, era ella la que hacía ese ruido mientras se llevaba las manos a la cara y se tallaba los ojos. Tendría trece años, como yo, pero más bien parecía una bebecita. ¿Corría al andén, tomaba mi camión y me olvidaba de Magdita? ¡Cielos, así se llamaba: Magdita!, o de plano me regresaba y le daba otra vez la mano. Lo que fuera, tendría que resolverlo ya. Busqué en mi lista de trucos y en mis experiencias con mujeres, en pos de una solución. Y no encontré ninguna. Así que me di media vuelta y con las manos en los bolsillos emprendí el regreso. Magdita me estaba esperando, casi casi con los brazos abiertos, como si estuviera segura de que yo iba a regresar. ¿O estaría segura?

Cinco treinta y dos. Adiós camión.

Ahora la pregunta era, ¿qué iba a hacer con Magdita? Bueno, seguramente tendría hambre. Así que nos dirigimos hacia un café. Pedí dos chaparritas, una rebanada de pastel de nata para ella, y para mí unas papas a la francesa con salsa Valentina. También pedí una charola y así nos fuimos a sentar a la mesa más cercana. Darle de comer resultó medio difícil al principio, porque se le caía la mitad de lo que se llevaba a la boca. Encima se me ocurrió darle una papa y se las quiso comer todas.

Con cierta tristeza me acordé de mi papá. A él también le encantaban las papas. Es bien papero, palabra que se oye rara aplicada a los papás. Las papas le gustaban, como fuera: a la francesa, fritas, con mantequilla o en puré. Cuando vamos a Plaza Universidad siempre sale comiéndose una papa, de esas rellenas. Doscientas cincuenta y siete mil veces más yo prefiero las papas a la francesa. Ni modo: uno más a la ya larga lista de defectos de mi papá.

Tenía dos caminos: el camino A y el camino B. El camino A sería poner a Magdita en manos de un policía y olvidarme de todo. Llorara lo que llorara. El camino B, llevármela a mi casa a que le ayudara a mi mamá al quehacer. Pensé los pros y los contras del camino A y del camino B. Camino A, pros: quedar libre y por fin irme a Guadalajara, aunque tuviera que hacer el gasto de otro boleto. Esto tenía sus inconvenientes, gastar en lo ya gastado, pero ahorita me sobraba dinero. Además de que sea como sea tendría que comprar otro boleto, ¿o no?; contras: ¿y si Magdita no se quería quedar con un policía?, ¿si se poma al brinco a la hora de los cambios de las manos? Pues ya no sería mi problema sino problema del policía. Camino B, pros: mis padres me premiarían por haber hecho una buena acción, y como recompensa yo exigiría que me mandaran de vacaciones a Guadalajara, con lo que el viaje me saldría gratis, aunque, no sé qué, pero algo había en este razonamiento que no me gustaba nadita, y era perder mi libertad; contras: me preguntarían qué andaba haciendo yo en la central de Cien Metros, y quizás me castigarían y hasta sin domingo me quedaba. Así que tomé una decisión de provecho, palabra que desde luego le gustaría a mi papá oír en mis labios. Digo que me decidí por el camino A.

Esperaría a que Magdita —o la cieguita, me gustaba más decirle la cieguita, como que ya me había encariñado con el apelativo— terminara su postre y su refres, y sopas, con el primer policía que pasara. Yo cumpliría un deber ciudadano.

Dije que me encantan las palabras domingueras, y es cierto. Me las aprendo muy fácil: fijándome en todo lo que dice mi queridísimo maestro, aunque no tenga el gusto de conocerme, Juan José

Arreola por la tele, y leyéndome diccionarios, enciclopedias y cuanta novela hay en la biblioteca de la escuela. Sólo así las palabras me fluyen como agua. Es fácil, cualquiera puede intentarlo y el resultado será el mismo. Se los aseguro yo. Jar, jar.

Entonces la cieguita hizo lo que no debía de haber hecho: suavemente, muy suavemente, me soltó la mano, puso la suya abajo de la mesa, fue recorriendo mi muslo como una araña patona y me agarró aquélla, mi cosita bonita, la cual, de inmediato y obedeciendo a su propio instinto, aun a costa de desobedecer mis órdenes, empezó a crecer, y como nunca, hasta alcanzar proporciones monstruosas. Yo le quitaba la mano y se la hacía a un lado, pero ella se puso de necia y cada vez lo hacía con más ganas y más fuerzas. Si ya dije que era bien fuerte. Imagínatelo, cierra los ojos por un segundo y estarás de acuerdo en que ya para qué me hacía el menso. Con la otra mano, ni tarda ni perezosa también se puso a accionar. Si justo para esto Dios nos había dado dos manos. ¿O no? Sentí cómo recoma mi cara, como si tratara de adivinar mis facciones. Yo también comencé a besarla. Digo, por un besito Osbelia no se iba a poner celosa. Así que agarré su boca, le hice casita y le metí toda la lengua. Ni me acordé del bozo que le ennegrecía el labio superior.

¡No traía calzones! Ya llevaba la mano muy por abajo de la falda cuando me di cuenta. Sentí los pelitos y la piel se me puso chinita. Chinita en serio. ¡Ay, Dios! Descubrí que tenía algo hermoso:

los dientes, eran blancos como perlas de collar, todos bien recortados, hasta daba la impresión de que echaban lucecitas.

Le dije vente, la acerqué más y muy gustosamente me olí los dedos. Nunca había olido nada igual. Era como si entraras en una especie de desmayo. Como si me fuera a desmayar porque todo me daba vueltas. Y me di cuenta de una cosa: era lo más maravilloso que había olido en mi fútil existencia. Algo para recordar, por los siglos de los siglérrimos, ¿o no?

Así que arremetí una vez más, pero ahora con más ganas, más deseoso. Porque de paso yo quería descubrir lo que había allí adentro.

Una vez estuve a punto de lograrlo, con Lourdes, la criada que trabajaba en la casa.

Yo tenía como siete años, y cada vez que pasaba atrás de ella le apretaba las nalgas. Hasta que un día que mis papás no estaban en México, entró a la recámara y me dijo: A ver, qué es lo que quieres ver. Yo estaba acostado y apenas entraba la luz de la luna. Parada junto a la cama se levantó el vestido. Comenzó a darse vueltas, despacio, casi sin moverse, mientras yo le acariciaba las piernas. Sobre todo sus muslos, suavecitos y carnositos. Tenía puestos los calzones y cuando intenté meter la mano por abajo me dijo no, allí no, agarra todo lo que quieras pero allí no. Yo, a mi vez, me subí la camisa de mi piyama y le enseñé mis costillas, que era lo único de lo que me sentía orgulloso.

Nadie me había sacado de la duda. Pues no hay nada, me decían. O mejor dicho, yo me imaginé que eso me responderían cuando preguntara, porque la mera verdad nunca le pregunté nada a nadie. ¿Qué quieres que haya? Pues no sé, pero si los hombres teníamos algo, las mujeres debían tener algo, ¿o no? Así que metí la mano hasta adentro. Ahora o nunca, me dije. Pero, a ver si me doy a entender. Más que por averiguar, de veras que más que por eso, lo hice sin pensar ninguna razón. Por puro gusto. Y no porque estuviera besándola como Indiana Jones besa a sus chavas, sino más bien por la sorpresa, es decir, porque en ese momento sentí que el mundo se me venía encima y ahí terminaban mis aciagos días, no pude responder ni pío cuan-

3

do el viejo me jaló violentamente del brazo y me dijo: ¿Así que te gustó Magdita, eh? Y yo que pensé que no ibas a abusar de una menor. Hasta la cárcel vas ir a dar. Deja nomás que encuentre un policía.

Y como si la vida se le fuera en ello, y sin soltarme para nada, empezó a mirar para todos lados buscando a un representante de la ley, como dice Elliot Ness en los Intocables. La cieguita miraba hacia un punto indefinido y yo sentí que un hueco del tamaño de una naranja, de un melón, de una sandía, iba formándose en mi estómago. Estaba vacío. Me había quedado vacío instantáneamente. La quijada me temblaba como si fuera la quijada de un muñeco de ésos que accionan los ventrílocuos y una agüita que cayó delante de mis ojos, y que algunos llaman llanto, me hizo ver todo como una fotografía borrosa. La mano del viejo había empezado a lastimarme.

Mi mamá apretaba así, mi papá no. Mi abuelito, que en paz descanse, tenía ahorrados sus buenos centavos. Pero me caía gordo por tacañón. No disparaba nada, ni un cacahuatito. Así que me propuse bajarle unos cuantos pesos. No se daría cuenta. Como él tenía la costumbre de guardar billetes de una sola denominación en cada una de las bolsas de su chaleco, no pasaría nada si me volaba un billetito, claro, uno de cada bolsa, y suman cuatro si incluyes las de adentro. Y lo hice. Era maravilloso sentir los billetes en la mano. Lo malo fue que no lo hice una vez, sino muchas. Cuando mi abuelito se bañaba. Operaba así: yo me metía por la ventana de su recámara que daba al patio. Entraba queditérrimo. Oía el agua de la regadera, lo cual significaba que la víctima se estaba bañando, ¿o no? Entonces me iba derechito hasta su chaleco. ¡Ah, qué bien me van a caer estos pesitos, me decía, y estos otros! ¡Qué chingón soy! Bajita la mano, así me hice de una modesta fortuna. Desde luego corrieron a Gabino, el mocito. ¡Qué mala onda!, pensé, pero ni modo. Me había arriesgado demasiado y no podía echarme para atrás. Porque todo soy menos puto, ¿o no? Pero la ambición me mató. Ahora pienso: si lo hubiera espaciado más... Creo que mi abuelito me puso una trampa porque dejaron una ratonera en las bolsas del chaleco. Grité como loco y me fui a encerrar a mi recámara. Afortunadamente nadie me había visto. O eso creía yo, porque de pronto entró mi mamá a la recámara y me dijo: ¡Enséñame la mano, chamaco del demonio! Yo le enseñé la izquierda. ¡La otra, no te hagas el inocente! Apliqué entonces el truco AC, que significa llegar a un Arreglo Cordial, e intenté entablar equis conversación con el objeto de distraerla mientras algo se me ocurría. Pero nada. Ella misma me pepenó la mano en el aire y se le quedó viendo, como si nunca en su vida hubiera visto una mano. Fue inútil seguir fingiendo. Ya mi pobre mano estaba roja, hinchada y caliente, como las hamburguesas que preparan en los carritos de los jot dogs. Entonces fue cuando me tomó del brazo y me llevó casi arrastrando hasta la recámara de mi papá, quien yacía plácidamente en su cama, dormidín como un angelito. ¡Tienes un hijo ratero!, le dijo. ¡Pégale o llamo a la policía! Mi papá abrió los ojos y preguntó qué pasó, qué acusaciones son ésas, de qué se trata. Yo iba a abrir la boca; con todos sus defectos, pero siempre juzgué a mi papá menos irracional que mi mamá. La histeria de mi mamá es celebérrima no sólo en la casa sino en la colonia completa. Así que no dudaba ni tantito de que llamara a la policía. ¡Ha estado robando el dinero de mi papá! ¡Este escuincle no le tiene respeto a nadie, ni a su abuelito que lo quiere tanto! Y enseguida sentenció: ¡Pégale, Rogelio! Mi papá abrió más los ojos, se estiró cuan largo es y se puso de pie. De pronto me preguntó cuando vio mi mano, que ya medía lo doble de su tamaño normal: ¿Qué te pasó en la mano? ¿Qué te pasó?, me volvió a preguntar. Nada, me pusieron una trampa en lugar de preguntarme si yo estaba agarrando el dinero, pero no importa, me lo merezco. ¿Es cierto eso?, preguntó mi papá.

Y mirando furiosamente a mi mamá, agregó: ¿Tu padre, que se está pudriendo en dinero, se atrevió a ponerle una trampa a mi hijo? ¿Es cierto eso! ¿Pues en qué régimen de terror vivimos? ¡Claro que es cierto, y lo planeamos entre mi papá y yo!, replicó mi mamá. Entonces yo agarré la mano y se las enseñé, ya con los ojos anegados en llanto. ¿No te parece suficiente castigo? ¡Cúralo primero, y después hablamos! Y allí acabó la discusión.

Así de fuerte como la mano de mi mamá, era la mano del viejo. Con el hueco en el estómago, que ahora era del tamaño de un globo, le dije:

—Oiga, espéreme tantito, déjeme explicarle.

—¿Explicarme qué? —replicó y me echó su saliva en la cara—. ¿Crees que no vi cómo la estabas fajando?

O aplicaba uno de mis trucos o era hombre muerto. Así que recurrí al truco HM, que consiste en Hacerse el Maricón.

—¡Ay, señor!, ¿cómo cree que yo iba a estar haciendo una cosa así? Si a mí las mujeres ni me gustan. Me parecen de lo más chocantes e insufribles.

—¿Inqué...? —me interrumpió.

—Insufribles. Que ni vale la pena sufrir por ellas.

¿Han oído hablar al más maricón de los maricones? Pues no se comparaba conmigo. La presión en el brazo disminuyó. El truco HM había surtido el efecto deseado. ¿O no?

—¿Así que eres puñal, eh?

—Sí, señor. Pero por favor no lo vaya a divulgar. Mi reputación, usted sabe.

—¿Así que te gustan los machitos?

—Exactamente, le atinó.

—¿Y qué le hacías a Magdita?

—Pobrecita. La estaba distrayendo porque estaba muy triste porque usted no regresaba. Y me dije: ay, Dios, con un beso se va a consolar. Bien dice el dicho que no hay que hacer cosas buenas que parezcan malas, ¿verdad?

Ya no ejercía la menor fuerza, pero el brazo no me lo soltaba. Si se descuidaba un segundo, piernas para que os quiero.

—No sé por qué pero te estoy creyendo —me dijo—. Mira, vamos a hacer una cosa para que me pruebes que eres maricón. Si no quedo convencido, te entrego a la policía.

—Sí, señor, hago la prueba que usted quiera —dije, pensando que ojalá no me pidiera que le diera un beso.

—La prueba es muy fácil. Quiero que trabajes para mí.

—¿Que trabaje para usted? ¿Pero así qué le puedo probar...?

—Así te conoceré mejor y sabré si no mientes.

¿Trabajar? ¿Yo trabajar? Todas las pasiones tenían su precio, y yo estaba pagando el mío. ¿Pero trabajar? Salvo que fuera de chofer, pero ése no era un trabajo propiamente, ¿o no? No, de plano creo que preferiría ir a la cárcel. Una orden interrumpió mis reflexiones.

—Vacía tus bolsillos. Pon en esta mesa todo lo que traigas. Necesito saber con quién trabajo.

Adiós boleto, adiós Guadalajara, adiós Osbelia. Y, claro, adiós calzones verdes. ¡Los calzones! Si yo no usaba calzones de manga larga, usaba trusa. Quizás podía salvar mi dinero. Traía los billetes en el bolsillo derecho, y éste tenía un pequeñísimo agujero por donde tenía la costumbre de meter los dedos y agarrarme mi cosita bonita, lo cual en determinados momentos y determinadas circunstancias era deliciosérrimo. El agujero no era más grande porque se me podían salir las cosas. Así que si actuaba con astucia y discreción, como Robin Hood cuando se disfraza de mendigo, y hacía bolita los billetes, los podía empujar y depositarlos en mi trusa, que quedaran acomodaditos debajo de los huevos. Me apliqué de inmediato a cumplir tan delicada tarea. Empecé por vaciar con la izquierda lo que tenía en los bolsillos izquierdos, el de adelante y el de atrás, mientras agrandaba el agujero con la derecha. Traía muchas cosas, que el viejo fue poniendo frente a sí. Le expliqué:

—Este librito blanco de concha nácar es mi catecismo de cuando hice mi primera comunión. Véalo usted con confianza. Trae oraciones útiles para cada ocasión, por ejemplo para cuando se va uno a dormir y se siente uno desolado y triste. Todos alguna vez en la vida nos hemos sentido así. Mírela usted. Es ésta. Léala. Es una bonita oración con la que le va a uno bien porque le está pidiendo la paz a los tres más importantes: el ángel de la guarda, la virgen María y la Santísima Trinidad. Siéntalo. Pesa. Tiene la letra grande para que no se canse uno cuando la lea. Si quiere le podemos sacar una copia.

—¿Y esto qué diablos es? —preguntó el viejo, cuando tuvo en sus manos mi tesoro. Era una bolsita de gamuza, donde guardo la canica que me dio el sonado triunfo en un partido que sostuve el año pasado contra el campeón de la secundaria diecisiete; la cuerda del yoyo con el que batí mi récord de treinta y tres suertes; un mechoncito hecho nudo del pelo rubio de Osbelia, aquella vez que no estaba su mamá y que me dio permiso de peinarla; la cola de una lagartija, que después de mochada se siguió moviendo veintinueve segundos; una hoja de rasurar, que me podría salvar de cualquier peligro y, of cors mai hors, un penique inglés que me encontré tirado en la calle. Así de suertudo soy. Cada cosa se la expliqué al viejo con lujo de detalles, aunque cambiando el nombre de Osbelia por el de Edmundo, por supuesto. ¿Y en esa bolsa qué?, me preguntó, señalando el bolsillo delantero derecho, que era donde llevaba los billetes y los cuales ahora descansaban plácidamente debajo de mis huevitos.

—Esto —dije, y saqué mi pañuelo rojo, uno de tantos de los que uso para sonarme de cinco a seis veces diarias, porque el esmog me provoca excesiva secreción nasal. Lo saqué y lo extendí delante de él de par en par. Todo estaba lleno de mocos. Y, oh bestia, mas quién no comete un error: no me acordé que había guardado allí la estúpida credencial de la escuela, en la que, obviamente, figuran todos mis datos, con el clásico avísese en caso de accidente.

—¿De dónde sacas palabras tan lujosas? —me preguntó el viejo, más en tono de sorna que de respeto.

—Soy lector voraz —respondí, preguntándome si entendería el significado de lector, de voraz y de soy.

—Párate y déjame pasarte por la báscula.

Él mismo me revisó cuidadosamente y cuando se convenció de que no había nada más en mis pantalones, me ordenó guardar mis cosas y cerrar la boca. Menos esta credencial, me dijo. Por si te escapas, ya sé a dónde ir a buscarte.

Por unos minutos había recuperado la envidiable calma, y ahora de nuez mi estómago parecía el lienzo charro de tanto jaripeo. ¡Estaba en sus manos! Salvo que recuperara mi credencial, misma que con el mayor descaro se había guardado en su cartera. Pero el viejo no era tan listo: había omitido revisar la bolsa de mi camisa, donde llevaba ni más ni menos que una lista con teléfonos de emergencia, porque como hombre precavido nadie me ganaba, ¿o no? Tenía anotados los teléfonos de la cruz roja, bomberos, antirrábico, locatel, incendios forestales, fugas de gas, servitaxis... excepto policía y radio patrullas, ¿y adivinen por qué? Porque justo en el momento en que iba a anotar los respectivos fonos, mi hermana Carmelita me interrumpió.

Así es mi hermana. Me cuesta trabajo confesarlo, pero tengo que reconocer que mi hermana y yo no nos entendemos ni papa. Ella sólo se interesa por los asuntos más superfluos. Carece de imaginación y suspicacia, dos cualidades del hombre de nuestro tiempo. Claro está que la quiero mucho, pero eso es otra cosa, aunque hay el riesgo de que cuando crezca se vuelva tan histérica, chantajista, posesiva y malencarada como mi mamá; a quien, desde luego, adoro en la medida de mis posibilidades. Vamos, más bien creo que las hermanas deberían crecer aisladas en algún Centro de Capacitación para Personas con Problemas de Aceptación Social y Familiar, porque hasta donde yo sé todas son iguales.

Pues Carmelita entró y me interrumpió, importándole un carajo que estuviera yo ocupado. ¡Mira lo que traigo!, me dijo, poniendo su revista sobre mis anotaciones. ¿Qué es?, le dije, haciendo un esfuerzo por sostener una conversación con ella. ¡Mira quién salió en este anuncio! Miré bien la foto; sí, era su amiga Claudia, en alguna época una de mis musas. Tenía en la mano una crema juvenil, y sonreía abiertamente, luciendo sus hermosisérrimos dientes. Cerré los ojos y me acordé de sus chichis.

Porque fue el éxtasis. Una vez que mi hermana invitó a Claudia a dormir a la casa, yo la espié por la ventana. Fue sin querer. La persiana no estaba totalmente cerrada y yo salí a cambiar el gas. Mi hermana estaba ya metida en la cama, por fortuna, y Claudia se disponía a quitarse la blusa, cosa que hizo con suma delicadeza. Su brasier era negro, transparente, y yo me empecé a hacer una manuelita. Enseguida se quitó la falda y yo decidí hacerme otra manuelita. Traía una pantaleta negra, también transparente, que le hacía juego con el brasier. No se la quitó, lo que me impidió tejerme una manuelita extra. En cambio se puso su piyama, mejor dicho: mi piyama, la de ositos, que me hipernadaba. Qué poca de mi hermana Carmelita, ¿cómo se había atrevido? Cualquiera se preguntará por qué nunca le declaré a Claudia mi devoción; por dos cosas: la primera, porque me trataba con la punta del pie. Sólo porque ella tenía quince años y yo doce, era déspota conmigo —nunca me decía por favor cuando me pedía las cosas ni menos me daba las gracias cuando yo se las daba— y en cierta ocasión hizo un comentario mordaz, que me habría dado mucha risa si hubiera venido de otra persona: dijo que nunca nadie me podría pasar por alto por ser tan chaparrín; y segunda: porque su novio Rubén medía como dos metros y era ligeramente celoso, así que prefería guardar silencio por el temor de lastimarlo, ¿o no?

El viejo le dio la mano a la cieguita, me hizo una seña y caminé tras ellos. Ahora era yo el que quería ir al baño, pero para sacar los billetes y ponerlos en los calcetines, el único lugar que consideraba a salvo de cualquier atraco. Así que en cuanto vi el baño de los hombres, le supliqué al viejo que me permitiera ir. No te tardes, me dijo, acuérdate que tengo tu credencial. No se te vaya a ocurrir hacerme ningún chistecito.

Entré al baño y me encerré en un gabinete. Me bajé los pantalones con todo cuidado y, oh bestia, mas quién no comete un error, se me cayeron los billetes, hechos bolita, hasta el fondo de la taza, la cual estaba llena de caca. Puta, ahora sí. Debía pensar algo de inmediato, permitir a mi cerebro activarse, ¿o no?

Se me ocurrieron dos caminos, el camino A y el camino B. El camino A consistía en cerrar los ojos, meter la mano al excusado y sacar los billetes. El camino B, en dejarlos ahí.

Me decidí por el camino B, cuando vi que la primera superficie de la caca estaba llena de pedacitos de zanahoria. Nunca me había gustado la zanahoria. Todo ese cuento chino de que hacía bien para la vista me parecía una vil tomadura de pelo. Pero no por eso me cae mal verdura tan hipocondriaca, sino porque una vez, en la casa de mi tía Chati, me dieron de comer crema de zanahoria, y algo me cayó mal porque va para fuera, toda, lo cual no hubiese sido gran problema de haber alcanzado a llegar al baño, pero apenas me había levantado de la mesa, sopas, casi sobre mi tía. O sobre su marido, mi tío Octavio, que toda la vida andaba alardeando de lo bien que se vestía. Inclusive apliqué el truco D, que es el truco del Desmayado, para que no me regañaran. Mi primo el Gordo dijo está aplicando alguno de sus trucos, pero hasta sales de amoniaco me tuvieron que dar a oler para que despertara.

Salí del gabinete y me enfrenté a mi imagen en el espejo. Era yo, claro, por más que la pulida superficie me devolviera el rostro de Kevin Costner. Aun me hice los ojos como chino, pero seguía siendo yo. Reflexioné y me pareció que estaba metido en un buen lío. Pedí ayuda al del espejo, al que cariñosamente llamaba Mi Otro Yo, que estaba ahí, enfrente de mí, y que me acompañaba a todas partes donde yo fuera. Debo decir que Mi Otro Yo me había sacado de grandes aprietos, por eso, al morir pediría un espejo, me despediría de él y le daría las gracias más sinceras, después de todo había sido mi mejor amigo, ¿o no? A Mi Otro Yo no le gustaba que le planteara los problemas de sopetón, por lo que tuve que contarle la historia desde mi bisabuelo, cosa que le pareció de lo más atinado. En aquella época, cuando mi bisabuelo era un pequeñín, poco antes de los inicios de este siglo, los chavos se la pasaban torturándose por ver la espinilla de una mujer. No enseñaban nada, lo que se dice nada, de ahí que se enamoraran tanto de los ojos, de los labios, de las manos, y si acaso del cuello. Así como a mí me fascinan los calzones de Osbelia, a mi bisabuelo le fascinarían las agujetas de su chava en tumo. Mi Otro Yo se rió conmigo, lo estaba tratando bien. Me dijo que adelante, que no me detuviera. Enseguida pasé a contarle una anécdota de mi bisabuelo cuando ingresó al Colegio Militar y le tocó a Porfirio Díaz pasar revista. Pero en realidad no le conté nada porque el viejo entró intempestivamente al baño y me jaló del brazo. ¿Qué demonios haces? ¿Con quién hablas?, me preguntó. Pues con Mi Otro Yo, una magnífica persona, permítame presentársela. ¡Qué presentármela ni qué nada!, me gritó. ¡Vámonos! Creí que ya te habías pelado. Por dónde, ni modo que por el desagüe, viejo hijo de su puta madre, lo interpelé. O mejor dicho, me imaginé que lo interpelé porque de mis sagrados labios salieron únicamente dos palabras, en inconfundible tono de tregua, sumisión y, of cors, humildad: ¿Me disculpa?

Por supuesto que la cieguita estaba en un grito. Este gandul no se la había podido encargar a nadie. Él la tomó de una mano y me dijo que yo la tomara de la otra. Si no está agarrada no se está en paz, me dijo. A lo que agregué: ¿y cómo venía solita en el metro? Porque venía agarrada del tubo. Así también se está tranquila: con el zangoloteo del metro y agarrada del tubo. ¿Ha de ser difícil convivir con un ser así, no?, pregunté muy quedamente, con la esperanza de que no me oyera, porque apenas había acabado yo de hacer la pregunta ya me había arrepentido de haberla hecho. Y como que no me latía mucho ofenderlo, digo, no se fuera a enojar. Pero sí la oyó: No tanto, menos por el poco tiempo que va a vivir con nosotros. Se me hizo agua la boca, al fin cada quien para su casa. No faltaría mucho, así que aventuré la pregunta: ¿Ya mero nos separamos? No, me dijo. Nos vamos a deshacer de ella en la noche. Una plasta de éstas es inútil que viva. Tú la vas a acomodar en las vías del tren, y encima vas a trabajar para mí, ¿qué te parece?

Voy a describirme: ¿alguno de ustedes ha visto cómo se desmorona una torre de cartas cuando las acomodan los magos y le soplan? Pues yo era la torre y la respuesta del viejo el soplido. Me desmoroné igual. Pero sin caerme, no quería dar lugar a que el viejo pensara que estaba yo aplicando algún truco con el fin de escaparme. De eso que piensas me voy a soltar de la panza, me voy a soltar, cuando has tenido un susto muy fuerte y los pies te tiemblan como si fueran de trapo. ¿De plano este señor estaba loco? Quién sabe, pero cerré los ojos y le pedí clemencia a Dios. Ahora sí iba en serio, si se apiadaba de mí y me ayudaba a salir de este lío, nunca en mi desventurada vida me volvería a masturbar. Y no por el temor de que a los puñeteros les sale un pelo en la palma de la mano, sino por lo más sagrado. Así que los abrí con la esperanza de que me encontrara en mi camita luego de una pesadilla, pero no, ahí estábamos los tres: el viejo, la cieguita y yo. De pronto el viejo se volvió hacia mí y me dijo:

—Ya me di cuenta que estás loco. Pero acuérdate que tengo tu credencial (pues claro que me acordaba, si nada más por eso no me había echado a correr), si intentas algo (por supuesto que lo intentaría, simple y llanamente tenía que esperar el momento oportuno), ahorita que salgamos a la calle (la calle, la calle, ¿por qué me gustaba tanto la calle? Ahorita podría estar en mi casa leyendo el *Diccionario del Español Moderno*, de Martín Alonso, o el de *Incorrecciones* de Fernando Corripio, dos de mis preferidos), por Dios que te va a ir muy mal (¿me podría ir peor?, no quería ni pensarlo), ¿me entiendes? Soy capaz de cortarte en pedazos (¡eso es lo que quería oír! Era la segunda amenaza que me hacía, más la amenaza de que íbamos a matar a la cieguita, jar, jar, jar, entonces era un fanfarrón). ¿Está bien?

—Sí —contesté todo cabizbajo.

Otra vez tomamos el metro. Le soltaba la mano a la cieguita, y cuando iba a llorar se la ponía en el tubo. Lo fui haciendo cada vez más rápido, una vez tras otra. El viejo no me quitaba la vista, hasta que se aburrió y se quedó mirando al vacío. En cambio la cieguita parecía feliz. Después de la sexta o séptima vez, ella misma hacía la finta de que iba a agarrar el tubo y no lo tomaba. Se empezó a reír y después a carcajearse.

Transbordamos y nos bajamos en la estación Juárez. De ahí caminamos hasta Artículo 123 y seguimos rumbo hacia el poniente.

Caray que la gente es ignorante, ¿o no? De todos los seres humanos que he conocido, ni uno solo, salvo mi abuelito, que en paz descanse, sabía orientarse. Pero ni los maestros de la escuela. Saber orientarse es como saber leer, es un acto de resolución automática e inmediata, jar, jar, jar: no te preguntas cómo suena una letra junto a la otra, sino que las lees de golpe, así, como sabes que el rojo es rojo y el negro negro. Orientarse es para mí así de fácil. A Claudia siempre la sacaba de onda. Me ponía enfrente de ella y le preguntaba: ¿a dónde está el sur? Uy, la muy divina ni idea tenía. Miraba hacia un lado y hacia el otro, para al final preguntar: ¿Mande? Y así todos. Tú puedes preguntarle a cualquier persona, cualquiera, sea que vaya pasando por la calle, en la escuela, en tu casa, o donde quieras, que dónde está el noroeste, por decir algo, y parece que le has preguntado quién es el presidente de Libia.

Seguimos por Artículo. Me fui fijando en las calles que atravesábamos. Quería estar ubicadérrimo, por si tenía que dejar alguna pista: Humboldt, Iturbide, que no son nombres de nuestros héroes de la Reforma, ni formaron parte de las huestes que se enfrentaron a los franceses en la batalla de Puebla, al lado de los zacapoaxtlas. ¡Cómo me gustaba ir al desfile del 16 de septiembre y ver a los zacapoaxtlas! Mi corazón se me quería salir de la emoción, y venían a mi cabeza los versos que me había aprendido para participar en el concurso de declamación y en el cual quedé, como se comprenderá, en el treceavo lugar. ¡El cinco de mayo no se olvida!, les gritaba a los indios zacapoaxtlas cuando pasaban junto a mí.

¿Qué pensaría mi papá de mi tardanza? Ya había anochecido y. Quién sabe. A estas alturas ya habría tenido un pleito con mi mamá, y hasta a Carmelita la habrían consultado. Éstas son las posibilidades:

1. se fue de vago;
2. se le olvidó a qué lo mandaste y anda por allí tratando de acordarse;
3. le vino un paro cardiaco;
4. se perdió —ay, Rogelio, para qué lo mandaste;
5. le gustó una muchacha y la anda siguiendo;
6. se metió al cine;
7. se lo robaron.

No, la séptima posibilidad la taché de inmediato. Nunca pensarían eso. ¿Para qué me iba a robar alguien? Mi mamá diría: afortunadamente ya está grandecito, y no creo que nadie se quiera robar un adolescente; y mi papá: imagínate, otra boca que mantener y con lo tragón que es. Es más, nos harían un favorzote.

Artículo era la zona de los voceadores. Entre Iturbide y Bucareli. Todo el mundo conocía al viejo. Dije, qué buena onda. ¡Buenas tardes, don Manuel!, le gritaban, o lo saludaban desde lejos con la mano, y algunos que iban en bicicleta hasta le chiflaban. No hacía mucho había yo pasado por esa calle con mi papá; recuerdo que apenas pudimos caminar por tantos voceadores que había. Y ahora me sentía en el desfile del 16. Por todos lados había puestos de fritangas, coches abandonados y teporochos en el suelo. Entramos en un edificio viejo, casi derruido, que tenía en la entrada el número 125. El viejo hizo a un lado a una mujer borracha que estaba dormida en la entrada y nos seguimos hasta el fondo. Era una entrada chica, en forma de arco, pero daba a un patio enorme. En realidad eran tres los edificios, uno en seguida del otro. Había escaleras para cada uno. El piso estaba lleno de charcos y las paredes de groserías. A los escalones se les habían caído varios pedazos, y entre más avanzabas al fondo más oscuro estaba. Y para allá íbamos, para el fondo. Qué alegría llevar puesto mi suéter de tortuga, porque en el acto sentí un frío tremendo.

Cuando digo en el acto no puedo evitar pensar en el acto sexual. Y en Osbelia; no es que lo haya hecho con ella, para ser sincero, pero algún día sería. Y todos los días cuando tarde o temprano viviéramos juntos. Eso es algo que nunca me he podido explicar: cómo le hacen los esposos para no cogerse diario a sus esposas. ¿Cómo pueden aguantar verles diario las chichis y no cogérselas? ¿O estar ahí presentes, enfrente de ellas, mientras se ponen el brasier y las pantaletas, y permanecer tan tranquilos, como si estuvieran en el momento más aburrido de una fiesta infantil?, ¿o no?

Claro está que también había que saber vengarse si no te pelan. Voy a citarme. A partir de que Claudia me hizo menos le hice ver su suerte. Ya dije lo de los puntos cardinales, pero hay más. Le escribía cartas de amor con faltas de ortografía, o me fusilaba poemas de Neruda y de Amado Nervo y se los recitaba como si fueran míos, o seleccionaba diez palabras del diccionario de Martín Alonso, las enlistaba en una columna, y en la columna vecina enlistaba los significados, ¡con dos de ellos inventados por mí! Nunca se dio cuenta de nada. ¡Qué enorme tarea habría tenido por delante si la hubiera tenido que educar!

Llegamos hasta un cuarto de azotea. Pegaba un viento glacial. Quién sabe cómo estaban acomodadas las jaulas de la ropa, pero el viento emitía silbidos como si llamara a alguien. Lo bueno es que la cieguita no oía nada. Si esos defectos alguna ventaja tienen que tener, pensé.

—Pasa y siéntate donde quieras —me dijo el viejo, mientras él encendía la luz y sentaba a la cieguita en un sillón polvoso y desvencijado. Una pared de la sala estaba atestada de primeras planas de periódicos, puestas con tachuelas. Me puse a leer las cabezas: «Fatal accidente en el metro. Mueren más de 100», «Muere David Alfaro Siqueiros, pintor mexicano», «Clamor de alegría unánime en la inauguración de las Olimpiadas», «Trágico sismo. Miles de muertos», «Magna inauguración del Mundial de Futbol», «Mi palabra es la del pueblo cristiano de México: Juan Pablo II», y muchas más. Apliqué entonces el truco MI, que consiste en Mostrarse Interesado, y que tan buenos resultados me ha dado, ¿o no?

—¿Así que colecciona usted noticias importantes?

—¿Qué?

—Digo, que le gusta guardar noticias.

—Pues sí.

—Es como tener un banco de datos.

—¿Un qué? —preguntó, como si un par de términos tan coloquiales le sonaran a ingredientes de receta vegetariana.

—Un banco de datos, acumular muchísima información y tenerla a la mano para cuando se necesite, el antecedente de las computadoras, ¿sí? —le expliqué pacientemente. Y como supuse, su respuesta no fue brillante:

—Ah, bueno, pues sí.

—¿Y por qué lo hace? —pregunté, realmente interesado.

—¿Que por qué hago qué?

Habría sido difícil que este hombre sostuviera una conversación con Oscar Wilde. Pero insistí:

—Quiero decir, que por qué colecciona esas noticias.

—Pues porque se agotaron en mis manos —respondió, asociando prodigiosamente la respuesta a la pregunta. Al grado de continuar:

—Toda mi vida fui voceador. Me llegaron a llamar «El príncipe de los voceadores». Mira...

Me volví a ver lo que había indicado con el gesto de su cabeza. Se trataba de un diploma expedido por una asociación de voceadores, y en el cual destacaba, abajo de la bandera mexicana y el escudo de un niño voceando el periódico, el nombre de Manuel Sánchez Garnica, alias El Príncipe de los Voceadores, así decía en el diploma.

—¡Qué buena onda! —le dije, y lo dije en serio. Por eso todo mundo lo saludaba. Estábamos en sus dominios. No me imaginé cuántos años habría pasado este señor vendiendo periódicos, pero, sin saber exactamente por qué, se me hizo una onda muy respetable. Es más, a lo mejor platicando llegábamos a un acuerdo. Dije:

—Entonces usted y yo nos preocupamos por lo mismo.

—¿Cómo es eso? —preguntó, visiblemente consternado.

—Quiero decir, que ambos nos preocupamos por las palabras. Yo por conocer muchas, y entre más raras mejor, saber su significado y aprendérmelas de memoria. Y usted por difundirlas.

—Pues sí, tienes razón, si eso es lo que crees —respondió, en un rápido razonamiento que dejaría perplejo a un egresado de Harvard. Y añadió:

—Pero pronto estaremos más unidos. Si no lo sabré…

Este último comentario no me cayó nada bien. ¿Qué traería éste? Preferí no preguntar, pues entre menos cosas supiera mejor para mí. Entonces se me quedó viendo fijamente y letra por letra escuché la siguiente pregunta:

—¿No quieres saber por qué te digo que pronto estaremos más unidos que nunca?

—Por supuesto —repuse.

—Pues porque me vas a ayudar a cometer un crimen —dijo, con una lentitud que a mí me pareció pasmosa y deliberada.

Tenía dos caminos: el A y el B. El A consistía en interesarme por el tema, preguntar pormenores, como la fecha, la hora, el lugar, el tipo de arma, el móvil, la víctima; el camino B, en quedarme calladote. Me decidí por el B.

¿Por qué mejor no hablábamos de los voceadores? Si en alguna época de mi vida, mucho antes de que me naciera la vocación de chofer, yo había querido ser voceador. En realidad y si he de ser sincero quería ser tres cosas: bombero, carnicero y voceador. Quizás alguno de ustedes se pregunte qué tienen que ver estas carreras con las mujeres, dado que ellas son el verdadero centro de mi existencia. Pues es muy fácil: como bombero podía yo salvar a una bella mujer de morir quemada, con lo cual me convertiría en su héroe, la visitaría con frecuencia con el pretexto de ver si ya se había repuesto del susto, hasta que le declarara mi amor. Como ella tendría una deuda conmigo, me diría que sí. Sin lugar a dudas, el plan era perfecto. Como carnicero, tenía aún más perspectivas. ¿Quién platica a diario con las señoras?: el carnicero; ¿quién les habla rudo y les muestra los bíceps por el menor motivo?: el carnicero; ¿quién maneja los cuchillos como si fueran palillos de dientes y corta la carne como si fuera mantequilla?: el carnicero. Desde mi envidiable punto de vista, ser voceador también tenía sus ventajas, pues como son tan humilditos y pobrecitos lo más sencillo del mundo era despertar la lástima de alguna señora que pasara por ahí, subirse en su coche a la más leve invitación y hacerse el desamparado. Como si nada llegar a su casa, acomedirse a lavar el coche o a barrer la banqueta antes de aceptar cualquier favor, y ya adentro hacerse el inocente, pegarse mucho a la señora y poco a poco empezar a contarle los vellos güeritos de su brazo, y tener preparada la respuesta por si decía algo: estoy repasando las tablas…

La voz del viejo me volvió a mi triste realidad:

—No tienes salida.

A eso se le llama pánico. Creo que ha sido el grito más aterrador que he pegado en mi vida. Hasta un flato, vulgarmente conocido como pedo, me aventé del susto, cuyo olor en otras circunstancias me habría hecho trastabillar. Y no fue por la rata que ahora tenía el viejo en las manos, que chillaba como si tuviera hambre, y con la cual se adivinaba que se llevaba maravillosamente. Menos todavía porque un zancudo se vino a posar exactamente en la punta de mi nariz, mucho menos, pero muchísimo menos porque, maldita sea la coincidencia, justo en ese momento se fue la luz; no, no fue por ninguna de esas razones por las que brinqué de mi lugar como si una descarga eléctrica me hubiera sido aplicada, sino porque la ciegui-

4

Ta le dijo al viejo, así, como si toda la tarde se la hubiera pasado en el cotorreo:

—Préstame a Caperucita

con una frescura que cualquiera hubiera dicho: hombre, si eso es lo más normal; pues claro que es lo más normal cuando una persona habla, pero no cuando es muda. O para decirlo en términos llanérrimos y clarérrimos: me habían visto la cara, tal como se las ve uno a los maestros. Qué poca, pensé.

Enseguida la cieguita —porque cieguita sí era, ¿o no?—, digo, que enseguida extendió los brazos y recibió a la rata, como normal y cotidianamente uno recibe un vaso de agua de limón a la hora de la comida. Pero no me quise quedar con la duda, pues siempre he sido tan desconfiado como un soldado norteamericano en medio de un pantano del Vietcong. Así que le pregunté al viejo:

—¿Cieguita sí es?

Me arrepentí de haberle hecho la pregunta. Porque si resultaba que era ciega, salía sobrando que preguntara lo que es obvio, además de que al viejo podría parecerle demasiado suspicaz de mi parte; y si no era cierto, quiero decir si la cieguita no era ciega, pues no me lo iba a decir en ese momento, ¿o no? Pero ahora era demasiado tarde, y el viejo respondió:

—Más ciega que un murciélago. Como la rata. Las dos son ciegas. Por eso se llevan tan bien.

Nunca en mi vida había visto a una rata ciega. Aunque su aspecto era como el de cualquier otra rata de caño. Pobrecita. Quién sabe por qué le habían puesto Caperucita; misterios de la vida; su color era gris pardo, y a leguas se notaba que le hacía falta un baño o siquiera una cepilladita. Sobre todo por la cola, medio rosa y medio gris, y las patitas, también rosas cubiertas de pelos; de la panza era café. La cieguita la recaigo en su regazo y la empezó a acariciar. Ya, Caperucita, ya, ¿me extrañaste mucho?, le decía. Me enternecí. Si mi mamá hubiera estado habría gritado como loca, pero más por la histeria que por el pavor. Cuando vamos por la calle y ve una rata, o una rata pasa por algún lado y yo le digo mira esa rata, grita durérrimo, hasta las lágrimas se le salen. Pero insisto en que los animales le gustan. Por ejemplo, los pájaros. En la casa tenemos uno, Melquiades. Es un canario. Bueno, creo que es un canario por el color amarillo, porque la mera verdad nunca canta. Caray, a lo mejor es mudo. ¿Cómo no había pensado en eso? Cuántos mudos, ciegos y sordos hay entre los animales y las personas, qué malérrima onda. Así como la rata y la cieguita son ciegas, no sería nada difícil que Melquiades fuera mudo, ¿o no? Mi mamá lo saca de la jaula y le da besos en el pico. Es tan cariñosa con él como puede serlo conmigo, cuando me agarra a besos. Mi papá odia los besos, dice que son de maricones. A mi mamá nunca he visto que le dé un beso; a mi hermana sí, a mí casi no. Pero no se diga a Elisa, la mejor amiga de mi mamá, su compañera de Stanhome y de Avon. Una vez los vi de lejos. Yo iba en una micro, sobre Insurgentes. De eso que vas distraído y nada te llama la atención y tienes ganas de quedarte dormido cada rato. Digo, que iba así, medio somnoliento, con los ojitos que se me cerraban y no se me cerraban, bostezando más o menos cada veinte segundos, digo, que iba así, más o menos jetón, levemente jetoncérrimo, cuando vi que mi papá y Elisa salían de un restaurante. Había mucho tráfico y pude verlos muy bien, a la perfección, sin lugar a dudas, o como se quiera decir. Yo creo que a muchos hijos les pasa esto. Mi papá le dio un beso a Elisa, que duró todo lo que los coches estuvieron detenidos. Y en la boca. Naturalmente no se lo comenté a nadie, salvo a Mi Otro Yo, cuando llegué a la casa. Su consejo fue sabio: no te metas en lo que no te importa. Pero el beso no se me pudo quitar tan fácil de la cabeza.

Como el beso que ahora la cieguita le daba a la rata.

Ya me había acostumbrado a la oscuridad y la vi bien.

Sentí claramente cómo el corazón me daba un vuelco. Si un cardiólogo me hubiese hecho una radiografía se habría llevado una sorpresa, más o menos lamentable: las aurículas estaban en lugar de los ventrículos, y los ventrículos en vez de las aurículas. O sea, arriba lo que va abajo y abajo lo que va arriba. Esto llevaría al cardiólogo a poner en juego toda su inteligencia, su astucia y su imaginación y a deducir, embargado por la emoción: Ah, caray, estamos ante algo rarérrimo, o más bien: sumamente raro. Llamaría a una junta de médicos, se mirarían muy fijamente los unos a los otros y dirían como conclusión probable, aún sujeta a comprobación: Sí que es un caso raro.

Pienso en el corazón y pienso en mi maestra de anatomía: Bety. Nadie como ella en toda la ciudad de México se tarda tanto para bajar del coche: abre la puerta, baja una pierna y de pronto se le ocurre: contar cuánto dinero lleva en la cartera, revisar si ya guardó las llaves del coche, revisar si lleva en su portafolios las listas y los exámenes, ya corregidos; sacar un cepillito y cepillarse las cejas, en fin, que en ese momento en que no está arriba ni está abajo, en que no está en el coche ni está en la banqueta, la falda se le va subiendo poco a poquito, cada vez más, y nuestro corazón empieza a latir desesperadamente. Ya va a la altura del muslo, y un poquito de su piel blanca blanca se va asomando abajo de su falda negra. Cuando menos unos veinte nos agasajamos. La otra vez enseñó el liguero y yo no podía apartar los ojos de sus piernas mientras nos estaba explicando las partes del corazón, que por cierto no son tantas y que conocerlas no te saca de la duda de por qué el corazón late. Cosa que a mí me tiene sin cuidado; pero en este caso era la maestra Bety la que nos lo estaba diciendo. Abajo de su falda la maestra Bety tenía liguero, como las chavas de las revistas de mi tío Alberto. No pude evitarlo y se me empezó a parar. Ella hablaba de las arterias y la mía fue acomodando sus válvulas y poniéndose cada vez más dura. Hasta que metí mis dedos por el agujero de la bolsa que tengo hecha para casos de emergencia. Ah, qué rico se sentía con la maestra Bety allá enfrente. Me vine como al minuto; no, qué al minuto, como a los treinta segundos. Nomás se oyó un ¡ahhhhh! La maestra volteó, se nos quedó viendo y preguntó: ¿Pasa algo? Nadie contestó nada y yo me limité a pensar: algún día serás mía, mi reina, ¿o no? Gózala mientras puedas, porque cuando seas mía vas a sufrir.

Ahora la cieguita cargaba a la rata por encima de ella y le hacía cosquillas. Me dio envidia. Porque cómo me gustaba a mí que me hicieran cosquillas, aunque mi papá dijera que era muy peligroso porque a la gente que le hacían cosquillas se volvía loca, que él había visto muchos casos así.

Había alguien más de quien me acordaba cuando oía la palabra corazón: de mi tío Alberto, o Balberto, como a veces yo le digo, sin que él se entere, claro. Es el solterón de la familia y es lo que yo llamo un caso. De los más patéticos que me ha sido dado investigar. A propósito, mi excesiva modestia no me ha permitido hablar de esta manía. Pero ha llegado el momento de hacerlo.

Estoy haciendo una enciclopedia que llevará por título: *Los Casos Más Extraordinarios de Enfermedad Mental que me ha Tocado Conocer*, y que ordenaré por orden alfabético, no por preferencias ni nada que se le parezca. Voy a empezar por el caso de mi tío Alberto, con decir que hasta su foto voy a incluir. Ahorita ya tengo reunidos todos los datos que he podido recabar sobre su existencia infrahumana. ¿Alguno de ustedes ha visto cómo los boleros tienen sucios los zapatos, o cómo los peluqueros andan todos despeinados y con el pelo bien grasoso, o les nada la ropa a los sastres? ¿Lo han visto? Pues así a los cardiólogos les vale gorro su corazón. Mi tío Balberto, por supuesto. Es increibelérrimo. De veras.

Una vez lo engañé y le dije que en la escuela me habían pedido la descripción de un día en la vida de un profesionista, con título y todo eso, ya saben, que se dedique a lo que estudió. Bueno, y como mi mamá se dedicaba a vender productos del hogar y mi papá trabajaba en un lote de coches usados, lo había escogido a él, a mi tío Balberto. Así que el muy confiado me dijo sí, claro, hombre, encantado, y cosas así. Porque hasta eso es cuate. Pobre, tiene cincuenta y dos años y no creo que viva el diez por ciento más. Oigan esto: trabaja de siete de la mañana a diez de la noche, sin contar cuando opera. Diario. En serio. Todos en la casa dicen que está loco, todos opinan lo mismo, flojos y trabajadores. Mi papá, por ejemplo, para citar alguien de los no trabajadores. Desde luego que también voy a incluirlo en la enciclopedia, por lo pronto su nombre ya figura en la introducción. Él trabaja de dos a tres horas diarias. O cuando menos eso dice, porque casi no está en casa. Para nada. Sobre todo se desaparece si mi mamá le deja algún encargo. Pues mi papá es de los que asegura que mi tío Alberto está absoluta y totalmente transtornado de su cerebro: locura total, añade cuando habla de él.

Pues bien, mi tío Alberto y la maestra Bety se parecen, ¿saben en qué? En que la maestra Bety usa liguero, y mi tío Alberto no usa, claro, pero el otro día vi en su casa revistas de chavas encueradas, salvo por el liguero y las medias. Sobra decir que mientras estuve esperando que mi tío Alberto regresara, aproveché para ir a palma cinco, tejerme una manuelita, hacerme una puñetica, o como ustedes quieran llamarlo. Qué mala onda con mi tío Alberto. Digo que me cae bien porque siempre que me ve me regala dos tres pesiux, pero no se mide. Es lo que yo llamo falto de luces en el cerebro, porque otro más listo ya habría aplicado un truco, ¿o no?

Como el que yo había venido aplicando justo en este momento y sin darme cuenta: el truco RAM, que significa Relajarse Al Máximo. Ya era otra vez dueño de mí mismo, como en los mejores momentos de mi hasta ahora vacua e inacabada vida.

Todo en la jand, en esa mano que tantas manuelitas había consumado y tan feliz me había hecho.

Mientras el viejo me veía expectante, yo miraba mi mano como se mira un monumento ecuestre, hacia arriba. La luz había vuelto hacía unos minutos, y en mi prodigioso cerebro sólo bullían ideas relacionadas con la santa iglesia católica, apostólica y romana: ¿cómo podía hacerle para que este Príncipe de los Voceadores se entrevistara con San Peter?

—¿Qué te pasa? ¿Te has vuelto loco otra vez? Llevas horas así, moviendo los labios y mirándote las manos...

—Viejas costumbres heredadas de mis antepasados —respondí, tan seguro de mí mismo como un árbitro que marca un penalty inexistente en una final América-Guadalajara.

La respuesta lo dejó desconcertado, y yo calculé mi tiempo. El viejo tardaría cuando menos diez minutos en digerir lo que yo le había dicho, tiempo suficiente para que mi mente reflexionara sobre lo que debía hacer de acuerdo con las fatídicas circunstancias. Los locos eran ellos. O mejor dicho: el viejo. O los dos, pero un poco más el viejo. Como quiera que sea, se veía que él dominaba la situación. Y no había de otra. Ignoraba qué vínculo lo ataba a la cieguita, porque de saberlo me habría acercado más al meollo del asunto. Así que pregunté; aunque, para variar, al instante me arrepentí de haber hecho la pregunta, porque lo único que podría lograr con la respuesta era que el viejo me juzgara demasiado interesado y así me vigilara más; pero ya era demasiado tarde, así que de mis labios salieron las siguientes palabras en el siguiente orden:

—¿Y usted es el papá de la cieguita?

—Es mi sobrina. Pero ya no hallo cómo deshacerme de ella. No sirve para nada, excepto para fajar. No puedes dejarla cinco minutos con un hombre porque más rápido que tarde ya se lo está fajando. No te creas. Muchos caen a la menor provocación, por más pinche que esté la pobre. Cuando yo llego se espantan y sueltan la lana. Si tú hubieras traído dinero te habría dejado ir. Por cierto, qué buen chiste el de hacerte maricón. Tienes ingenio, y eso a mí me va a servir. No como esta pendeja, que no sirve para nada.

—Oiga, señor, no hable así delante de ella. Va a sentir feo.

—No te preocupes, puedes decir lo que quieras. Ni entiende ni siente nada. Nomás cariño por su Caperuza.

Se me hizo un nudo en la garganta, pero no porque quisiera llorar sino porque la cieguita había acomodado a la Caperuza en su regazo y le daba besos en la cabeza, en los bigotes y en los ojos, blancos como de porcelana. No es que me diera asco la rata, para nada. Si para mí todos los animales son buena onda, sobre todo los perros. Más que los gatos, por más que me caigan extraordinaria y extremadamente bien. Los perros son otra onda. Mi perro Harrison fue al único que extrañé cuando me fui a Mérida. Se lo encargué a todos. Porque estaba un leve enfermín. Claro está que le puse Harrison por Harrison Ford, el de Indiana Jones. Era un pastor alemán de pelaje dorado y negro. Lo tuve desde los seis años y se murió hace un año, cinco meses y veintiún días. Lo enterré en Chapultepec, en las faldas del cerro. A escondidas. A él era al único que no le aburría que le repitiera yo la lista de palabras nuevas y raras que me sabía de memoria, con todo y su significado, y que en esa época sumaban ciento treinta y ocho. Porque llegaba yo con mi mamá y no quería oír ni las cinco primeras, o iba con mi papá y se ponía a leer el periódico descaradamente. Carmelita ni se diga, nunca me escuchó más de cinco minutos. Harrison pensaba diferente porque Harrison me quería a morir, como nadie en la vida. Los padres dicen que dan la vida por ti y no son capaces de escucharte cuando tienes algo que decir. Harrison no dice nada, y te oye todo el tiempo que quieras. O te oía, mejor dicho.

Apliqué el truco NS doble ele, que significa No Seas Llorón. Y me concentré en la cieguita.

Ahora la rata le daba a ella lengüetaditas en los dientes. Sí que se querían. Sacaba una lengua tan pequeña como la de un canario y le lamía hasta las encías. Me pregunté entonces la diferencia entre vomitar y no vomitar. Porque otro con menos recursos cerebrales que yo se pone ahí a vomitar. Fácil. Pues la diferencia entre vomitar y no vomitar apenas existe y apenas se siente, apenitas, es una cosa de nada. Como si te taparan los ojos y te dieran a separar los balones de futbol usados de los nuevos. Casi no hay diferencia. Tienes que sentir las patadas para que sientas esa diferencia en los balones. Si no no puedes.

No sé por qué. Pero cuando vi que la cieguita besaba a la Caperuza se me empezó a parar. Como en mis mejores tiempos. ¡Claro!, me acordé cuando la cieguita me estaba besando. De pronto el viejo se levantó y sacó una botella del trastero. Le dio un gran trago. Era un líquido transparente, como alcohol. Extendió la botella hacia mí y me invitó a beber, pero así como me ofreció con un gesto yo lo rechacé con otro. Una sola vez en mi vida me había emborrachado y había tenido suficiente. Fue en la casa de mi primo el Gordo, con el coñac de mi tío Octavio. Sin más ni más, el Gordo entró a la recámara, donde yo estaba viendo la tele, y me ordenó: Chúpale, cabrón. La voz me sonó rarérrima, pero dije bueno, y bebí. En menos de media hora, ya nos habíamos bajado casi la mitad de la botella. Fue cuando dijo vamos a hablarle a las viejas. Y les hablamos. Quiso que le hablara a Carmelita y que se la presentara, así, como si no la conociera. Yo lo hice. Y, cosa rarérrima, habló con mi hermana como media hora. En mi vida hubiera sabido que se caían tan bien, más bien pensaba que le tendría miedo, como yo a mi prima Nora. Cuando el Gordo me preguntó que a quién quería hablarle le dije que a nadie; háblale a Osbelia, me decía, pregúntale de qué color trae los calzones, y órale, se echaba un tragote, aunque la mitad se le escurría por los tapones que traen adentro las botellas de coñac; y me dices de qué color los trae para imaginármelos —es que ése era mi tema preferido: los calzones de Osbelia. Pero bueno, le hablé y no estaba. Total, qué importaba que el Gordo se los imaginara, ¿o no? Si imaginar no es pecado. Jesús hubiera agregado un mandamiento más, el número once: No imaginarás. Pero no lo hizo porque él mismo se lo imaginaba todo, ¿o no? Por cierto, al día siguiente fue cuando vomité la crema de zanahoria.

Con un trago tras otro, el viejo fue bajando la botella. Adentro traía su propio ritmo porque bailaba al compás de una música que yo no oía.

Me dijo entonces:

—¿Ya conoces a mi hermano?

—Pues no —respondí—, nada más a su sobrina.

—No es mi sobrina, idiota —me reclamó—, si me la encontré tirada en la calle. Hace años. Y como que no es normal encontrarse una sobrina tirada por ahí, en la esquina de Aldaco y Meave.

Pues no, la verdad era que resultaba bastante difícil encontrarse tirada a una persona, como si fuera una cartera, en la esquina que fuera. Y, claro, sobre todo a tu sobrina.

—Te pregunté si quieres conocer a mi hermano —insistió.

Y más por instinto de conservación que por interés, dije:

—Sí, claro.

Nada más lejos de la verdad. Si nunca quería conocer a nadie. Al contrario, cuando veía algún conocido en la calle o en algún lugar público, me escondía como si le debiera las grandes cantidades de dinero, y apostaba conmigo mismo a que no me veía. O si veía que algún pariente o amigo venía caminando por la misma acera, aplicaba el truco HG, que significa Hazte Güey, y olvídate: jamás de los jamases me veían; ya sea que te agacharas por una moneda o te amarraras las agujetas, o que de pronto te dieras media vuelta como si se te hubiera olvidado algo, haciendo la cara de desconcierto y todo lo demás, no te veían. Never de limón.

Así que conocería a su hermano, digo, más a fuerzas que por gusto. A estas alturas la voz del viejo se había vuelto pastosa, costaba mucho trabajo entenderle, y sus movimientos eran torpes, como si tuviese oxidadas las articulaciones. Dejó la botella en la mesa y se perdió en el otro cuarto. Volteé y miré la puerta. Bastaba con que corriera la manija para escaparme, pero de qué me serviría; el viejo traía mi credencial en su cartera y hasta que no la recuperara no sería un hombre libre. Así que simplemente alcé la vista cuando regresó.

Yo suponía que su hermano vendría tras él. Ya me lo había imaginado: un hombre cincuentón, seguramente también voceador, mal educado, quizás agresivo. Pero no venía ninguna persona con él; venía un muñeco. Un muñeco disfrazado del Príncipe de los Voceadores.

Los disfraces no representaban nada nuevo para mí. Hasta los nueve años no tuve amigos, tuve disfraces. Cuando menos seis: de charro negro, de charro del diario, de piel roja, de cow boy, de vikingo y de Robin Hood.

Mi consentido era el de charro negro, el elegante. Cada año mi papá me compraba uno, cuando lo mandaban al lote de Guadalajara. Lo llevaba yo al negocio. Y así me paseaba entre los carros. Había que verme: un niño de cinco o seis años, con su sombrerote bien puesto, su corbata de moño —un listón verde, blanco y rojo—, botas negras con un caballo realzado, estoperoles en el filo del pantalón, chazarilla con un águila bordada en la espalda con hilo de plata y, claro, un pistolón al cinto. Cuando mi papá regresaba de mostrar un coche, yo corría a recibirlo, y quién sabe qué pensarían los clientes de ese chamaco que pasaba como una mancha negra rumbo hacia los brazos de su padre.

El disfraz de charro del diario no era tan importante. Lo usaba para visitar a mi tía Chati, los sábados. Era café beige, y me lo compraba mi mamá en una casa de Pino Suárez, la avenidota de los zapatos. El pantalón tenía rayas. Y en lugar de sombrero negro de terciopelo, me ponía uno de color beige, de palma dura. La misma chazarilla no era igual que el pantalón, y tenía unos botones como de huesito.

Me gustaba comer disfrazado de piel roja. Todo lo ponía junto a la sopa: el hacha, el cuchillo, el arco y las flechas. Ni siquiera entonces me quitaba el penacho.

Cuando iba por el pan me ponía de vikingo. Era lo maximérrimo: usaba una camiseta de cuadros amarillos y negros que me llegaba hasta los pies; un escudo de lámina, más grande que yo; una espada enorme; una bola de picos, con su cadena y su agarradera y mi casco, que en la parte de arriba tenía dos cuernos como de toro.

Mi disfraz de cow boy podía convertirse en el del Llanero Solitario, si le agregabas el antifaz. Consistía en un sombrero de vaquero y dos pistolas con todo y fundas, doradas y de cachas negras. Jamás podía andar desarmado. Ni para ir al baño. El doctor me fue a ver una vez que estaba yo enfermo, en cama, con un té ya helado de manzanilla en el buró, cuando le echó un ojín a mi estómago —yo estaba en piyama, con calentura— descubrió dos pistolas, instaladas en sus respectivas fundas, con el cinturón sujeto a mi cintura. ¿Cómo era posible que me enfermara, dijo, si andaba yo preparado para todo? Este doctor no sabe nada de la vida, pensé yo.

Pero tenía un disfraz mío, sólo mío, que no era posible comprar en ninguna parte, y que provenía directamente de los libros: el de Robin Hood. Bueno, tengo que reconocer que mi mamá me enseñó a leer antes de que entrara a la primaria, yo, que entrara yo, no ella, y me regaló ese libro: *Las aventuras de Robin Hood*; todavía me acuerdo de la primera línea: «Cierta vez, Robin había salido de cacería...», así decía. No me pude despegar de la novela, yo era Robin todo el tiempo.

Mi madre me hizo el gorro verde, al que yo le añadí una pluma, la más grande que pude encontrar, y con la cual deslumbraba a mi primo el Gordo diciéndole que era la pluma de un halcón, digo que me declaré enfermo hasta que no me compraron mi arco y mis flechas, porque no por una tacañería de mi mamá yo iba a usar mi arco de piel roja, ¿o no?

Así pues, el muñeco venía disfrazado del viejo. Tenía yo dos caminos: el A y el B. El camino A consistía en mostrarme admirado: francamente no se había medido el Príncipe de los Voceadores, hasta traía un periódico en la mano, digo, el muñeco, no el viejo, y la mera verdad, me pareció insólito, tuve que reconocer que no cualquiera. El camino B, en cambio, estaba sustentado en una inmediata e inobjetable aplicación del truco MAPS, que significa Medir Alcances Psicológicos, y para lo cual echaría mano de mi plataforma de conocimientos en torno a la psique.

Me decidí por el camino CC, que quiere decir Cero Caminos, y al cual sólo recurro en casos extremos. Así que cuando te decides por este camino, dejas que el azar decida por ti y haces lo primero que sientes, que en este caso se redujo a guardar silencio porque había empezado a sentir algo que hacía mucho, quizás nunca, había sentido, algo así como un frío aleteo de terror.

El parecido entre el viejo y el muñeco era asombroso, además de que vestían exactamente de la misma manera. Se sentaron enfrente de mí, el viejo se acomodó al muñeco como hacen los ventrílocuos y el muñeco habló. Su quijada se movía como si se le fuera a caer a cada momento, parecía una persona que estuviera a punto de desmoronarse en pedazos. Me acordé de los ídolos de mi tío Balberto: Carlos, Neto y Titino. Carlos era el ventrílocuo, y Neto y Titino los muñecos, mismos inmerecidos seres que se la pasaban discutiendo todo el tiempo. Los conozco porque mi tío tiene una fotografía de ellos debajo del cristal de su buró, y me ha explicado, concienzuda y parsimoniosamente, en qué consistía su número. Porque salían en la tele, pero cuando la tele era blanco y negro. Imagínate. Hasta las voces las imita mi tío: la de Neto como señor, y la de Titino como niño gangoso. Cuando le pregunté a mi mamá por qué su hermano, mi tío Alberto, admiraba tanto al trío ese me dijo no hagas preguntas idiotas, como si le hubiera preguntado por qué caen las cosas al suelo. Algo sé: que nunca sabe uno las reacciones que van a tener los padres, ¿o no?

Pues el muñeco del Príncipe de los Voceadores, dijo. Su voz me sonó así como medio amenazante. Nunca había oído hablar a un ventrílocuo tan cerca de mí, y quién sabe si así ocurra siempre, pero además de la voz, escuchaba una especie de raspado, quiero decir de un objeto que se raspara contra otro, como cuando raspas el arco contra las cuerdas del violín, y eso sí lo he oído bien porque mi primo el Gordo lo estudia; muy mal, pero él dice que ahí la lleva. Y digo mal porque cuando lo toca parece que pisas una corcholata. Así que guardé silencio, o mejor dicho me quedé calladote, porque cuando guardas silencio hablas, ¿o no? Bueno, pues el ya hipercitadérrimo muñeco, dijo:

5

—Fájate a Magdita. Si te gustó...

Tenía dos caminos: el camino A y el camino B. El camino A consistía en hacerle caso al muñeco y fajarme a la cieguita; el camino B, en no hacerle caso y cambiar de tema. Los dos caminos tenían riesgos: el camino A, que por acercarme a la cieguita la rata se fuera a enojar y me mordiera; yo no la conocía, y seguramente mi olor le resultaría tan familiar como un inglés a un aborigen del Amazonas; el camino B, que por no fajarme a la cieguita el viejo se enojara y se pusiera furioso, con lo cual, obviamente, mi físico corría un serio peligro, y francamente mi físico era digno de figurar en un museo de las bellas artes pero no en una revista de box que dijera abajo de la foto del perdedor: así quedó después del noveno round. Así que opté por el camino A, pero apliqué el truco TQ, que significa Tei Quirisi. Empecé por hacerme el sordo:

—¿Que qué? —dije, todo yo incrédulo.

—Que te fajes a Magdita.

Sí, lo iba a hacer, pero llevaría tiempo. Había que forzar la conversación, así que dije, verdaderamente conmocionado:

—Uh no, qué va. Soy muy penoso. Y menos delante de alguien, llámese amigo, enemigo o desconocido.

En realidad yo era penoso y no era penoso, como cualquiera de ustedes ya se habrá dado cuenta. Y de uno y otro extremos tenía ejemplos. Por ejemplo, hace poco hicimos un concurso en el salón, a ver quién arrojaba su venida más lejos. Pintamos una raya en el suelo, para que nadie se pasara de ahí al momento de tirar, pues con tal de ocupar el primer lugar en tan honorable concurso, cualquiera hacía trampa. Bueno, la mera verdad yo tengo muy pocos amigos, o creo que ni amigos tengo. Ni siquiera me habían invitado al concurso, pero cuando me di cuenta de lo que se trataba fui el primero en alinearme. Y gané. Podías hacerte tu manuelita con la imaginación o con una revista, a mí se me ocurrió que podía llevar una revista de mi tío Balberto pero preferí echar mano de mi suculenta memoria; simplemente con pensar en la maestra Bety bajándose del coche y enseñando sus pierniux, bueno, con eso tendría suficiente. Así que cerré los ojos, me jugué el pellejo apenas una docena de veces, y órale, cuando sentí que la venida era inevitable y maravillosa, me levanté como un resorte, arqueé el cuerpo, y gané. Delante de todos. Además superé el récord: cinco pasos y medio.

Pero en la misma medida soy penoso. No hace mucho me dijo mi prima Nora que yo podría ser un híper-galán. Se refirió a mi perfil y a mi modo de hablar; yo le dije que había decidido canalizar mis esfuerzos a la obtención de mejores logros, y que por lo pronto las prácticas donjuanescas no me interesaban. Pero creo que en realidad no le dije nada porque lo único que hice fue ponerme tan rojo como un jitomate a punto de entrar en estado de descomposición. Te pusiste rojo, me dijo. Y yo con trabajos pude esbozar una incipiente sonrisa.

—Fájate a Magdita —repitió el muñeco, y yo empecé por agarrarle la pierna. Así, con mucho disimulo, como no queriendo. La cieguita se estremeció. Lo sentí de inmediato al ponerle la mano. Se me hizo mala onda, o para decirlo en palabras del poeta: me sentí ruin. Qué poca, hacía un rato habíamos fajado pero en circunstancias totalmente diferentes. Ella había tomado la iniciativa y yo había participado, como no dudo ni tantito que en el mismo caso hubieran hecho lo mismo Kevin Costner, Harrison Ford y Robert de Niro, mis homólogos más cercanos. Pero hacía rato los dos nos habíamos dejado llevar por la espontaneidad, y no por seguir las órdenes de nadie, y como que así las cosas cambian, ¿o no? Pues ahora estaba el muñeco ahí, enfrente de nosotros, girándome instrucciones como si fuera mi superior. Cosa que me indignó sobremanera. Nada nuevo. Cada rato alguien me sacaba de onda.

El resto de los seres humanos —incluidos mis

papás y mi hermana, of cors— se caracterizaba por varias peculiaridades que yo no toleraba, y cuya lista me permito ofrecer a continuación:

1. prepotencia
2. malinchismo indiscriminado
3. hipocresía de telenovela
4. falta de concentración
5. fanatismo vulgar
6. humildad por sobre todas las cosas
7. mal gusto
8. xenofobia disimulada o no
9. excesiva bondad
10. falta de interés
11. soberbia galopante
12. parloteo banal, vacuo, inocuo, huero, superficial, intrascendente o como se quiera decir y
13. uso exagerado de pleonasmos.

Quién más quién menos, todo mundo parecía llevar una etiqueta con alguna de estas maravillas. Y bastaba con que lo detectara, para ponerme en guardia de inmediato. Con ponerme en guardia quiero decir que automáticamente esa persona quedaba descartada de figurar entre mis predilectas. Correcto, simple y llanamente aplicación del truco SC, que significa del Sentido Común. Entonces sí, prefería decir ahí muere, se me olvidó cerrar el gas, o cualquier cosa, y cortarme.

—Fájatela bien, no seas puto. Métele la mano. Ándale, quiero ver cómo lo haces —me ordenó el muñeco, una vez más.

—Ni siquiera nos han presentado. ¿Así cómo quieres que te haga caso? —le dije, no tanto para iniciar una conversación sino más bien por hacer tiempo para que el viejo siguiera bebiendo y se embriagara de veras. Pues los tragos que le daba a la botella eran cada vez más notables y continuos.

—Es cierto. Yo me llamo Farolito, como él —dijo, señalando al viejo—, y hacemos un número para ganamos la vida, mientras Magdita recibe la lana en un bote. La gente suelta monedas, ya sea porque le da tristeza ver a Magdita, que está cieguita, o porque le gustó el número, porque nos aventamos buenos chistes y canciones. Cuando gustes nos puedes ver por las calles de San Juan de Letrán. Como hay el titipuchal de gente, sacamos una buena feria. Ahí es donde tú nos vas a dar la mano...

Hablaba el muñeco y no se detenía ni para tomar aire. Era obvio que lo que el viejo no decía, porque no le daba la gana o por lo que fuera, lo ponía en la boca del muñeco. Bueno, estaba yo ante un esquizoide del ramo de los que buscan un hogar decente para vivir, o más bien ante un exquisito recién escapado del maniquiur.

—¿Qué es lo que voy a hacer yo...? —pregunté. Mi voz pareció la de esos niños que preguntan expectantes cuando juegan un juego por primera vez.

—Pues muy sencillo, te vas a robar las carteras de los que nos estén viendo.

¿Robar otra vez? Ya había pasado por eso y no me habían quedado ganas de volverlo a hacer. Claro está que había seguido robando, pero no dinero. Por ejemplo, brasieres, pantaletas y ligueros. Me los robaba de las tiendas del centro, porque tenía varias mujeres con las cuales ajustar cuentas, y a las que algún día yo mismo se los pondría. Lo primero era tener tu colección completa, para cuando la chava quedara encuernavaca la vistieras a tu gusto. Cosa muy importante para la buena marcha de una relación, ¿o no? Así iba a vestir a Osbelia. Todo ocurriría apenas echara a andar un plan que ya venía maquinando y que tenía como fuente *La Guerra de las Galias* de Julio César. El librito me lo encontré en la biblioteca, y de inmediato yo pensé que toda esa estrategia, toda esa logística, tendría un mejor sentido aplicado a la conquista de una mujer; o de dos o de tres, según las posibilidades de cada quien.

—¿Qué te parece? —me preguntó el muñeco.

Y hasta ese momento recordé yo que estaba sumergido en una conversación que podía significar mi pase directo para las Islas Marías, o para San Quintín, sepulcro de hombres ejemplares para esta sociedad decadente. Pero observé que se le había pasado el interés de que me fajara a la cieguita. Había ganado un punto.

—No puedo, nunca me atrevería yo a robar nada ajeno —dije, sin darme cuenta de que acababa de formular uno de los pleonasmos más obvios de la historia. La historia me juzgará, pensé.

—Sí que te atreverás. Tú tienes ganas de hacer grandes cosas, pero ni tú mismo lo sabes porque te da miedo echar un ojo adentro de ti. Hazme caso. A mi lado vas a aprender, vas a vivir, vas a crecer.

Si lo menos que yo quería era crecer. Me gustaba mi mundo, cómo era, cómo lo manejaba. Tenía todas mis cosas dispuestas del modo como a mí me gustaban; seguramente crecer significaría abandonarlo. En otras palabras: yo iba cambiando día a día, como todo lo que existe, pero hacerlo de golpe podría producirme un espasmo cardiaco, o sacarme canas y que mi cabeza quedara como la de mi tío Balberto, que tiene tantas canas como nervios el sistema nervioso.

—Bueno, acepto —respondí. O creí que había respondido porque mis labios seguían herméticamente cerrados. Yo podía ordenarle a mis labios que hicieran lo que yo quisiera: moverse y hablar, moverse y no hablar, moverse en mueca de tristeza, moverse en mueca de fastidio, moverse como para decir algo sin decirlo, moverse conforme a lo que mi cerebro estaba pensando, moverse en forma de beso en el aire a la boca de, moverse como tarabilla.

Pero a fin de cuentas —o en fin de cuentas, como dice que se debe decir Femando Corripio en su *Diccionario de Incorrecciones*— digo que a fin de cuentas: ¿me habían invitado o me estaban ordenando que participara? Lo ignoraba, como tantas otras cosas de mai laif. Así que pregunté:

—¿Me estás ordenando o me estás invitando a participar?

No, ésa habría sido una pregunta muy agresiva. Así que formulé una de quinceañera:

—¿Puedo escoger?

Aproveché la pausa:

—¿Es a fuerzas?

Y la volví a aprovechar:

—¿Puedo decir no? ¿Puedo decir sí, pero porque yo quiera?

El muñeco volvió la cabeza al viejo, como interrogándolo. Había dado en el clavo. Si decía que podía yo escoger automáticamente me estaría dando mi libertad. Se hizo una pausa más. O pausérrima, mejor dicho. La cieguita seguía jugando con la rata, ajena a todo lo que la rodeaba. Ahora simplemente había puesto a la Caperuza en sus muslos y le acariciaba el lomo o le jalaba las orejitas. El muñeco movió la cabeza de un lado a otro: me miraba a mí y miraba al viejo. Era evidente que no sabía cuál decisión tomar. Yo dejé que mi cerebro se entretuviera en tonterías. Pensé en mi madre.

En realidad era muy linda. No le sobraba inteligencia ni información —jamás sería la Confucia mexicana—, pero me solapaba todos mis errores (casi todos, el de haberle robado dinero a mi abuelito no fue un error sino un delito) y me consentía como si fuera un bebé: si dejaba el plato a la mitad no decía nada, si llegaba una hora después de lo prometido se mantenía callada; si no levantaba mi ropa, la cama, o la recámara completa, se conformaba con hacer un gesto casi imperceptible, haciendo gala de la mayor discreción. Así las cosas, ella y yo podíamos seguir llevándonos bien durante tiempo indefinido. Lástima que fuera todo lo contrario, lo cual no le quitaba lo linda; pero la verdad de las cosas es que resultaba imposible vivir a su lado; por el menor motivo no sólo gritaba sino hasta berreaba y se atrevía a levantarme la mano. Quería que todo estuviera en orden: mi ropa, mis libros, mi recámara; no respetaba para nada mis territorios; al contrario, invadía mi propiedad y se ponía a hurgar entre el tiradero; ni ella misma sabía qué buscaba. Y eso para no hablar de la escuela. En serio. Siempre quería que yo sacara las mejores calificaciones. Pobre. No admitía que fuera yo el treceavo lugar. Los maestros son unos brutos —decía—, tú eres más inteligente que todos tus compañeros. No comprendo. Y es que no sabía una cosa: que yo a propósito contestaba mal los exámenes; no tan mal como para reprobar, pero sí tan mal como para andar entre el seis y el siete. Sabía de sobra que manteniéndome en ese nivel nadie me exigiría las perlas de la virgen, ¿o no? Y ella se quedaba deslumbrada cuando yo le citaba a Shakespeare o a Carl Sagan o a Robert Graves. ¡Qué inteligente eres! ¡Qué ignorantes son los maestros!, clamaba al cielo.

Pues el cielo debió haber iluminado la mente del viejo, porque dijo. O mejor dicho, el muñeco dijo:

—Fíjate.

Y acto seguido el viejo sacó la cartera de su bolsillo, escarbó en ella, extrajo mi credencial y me la devolvió. Me bastó tender ligeramente la mano para ser nuevamente libre.

—Al fin conmigo, vida mía —le dije.

—¿Estás contento? —me preguntó. Ahora la voz del muñeco sonaba extraordinariamente conciliatoria.

—Pues sí. Y sorprendido —respondí. Estaba yo en el filo de la navaja. ¿De verdad era sincero el viejo? Sí lo era. Por primera vez, y pese al alcohol, que seguía tomando en cantidades navegables, su mirada se tornó transparente. Estaba siendo sincero.

—Ya no tengo por qué tenerte aquí. No estás a la fuerza. Tienes tu credencial y puedes salir en el momento que quieras. Nunca más volveremos a vemos. Si quieres irte, vete. Si estás dispuesto a jugártela, quédate. Un día, no más. Quiero que sientas lo que se siente robar, hacer algo indebido, salirte del huacal. Quiero que sientas lo que se siente vivir. Por un instante no ser lo que las demás personas quieren que seas, sino ser tú mismo. Recorrer San Juan de Letrán, Bucareli, Madero, con la frente muy en alto y desafiar a todos con la mirada. Ser por un instante y sólo por uno en toda tu maldita existencia, el centro del universo. Nadie podría pedir más. Siempre serás esclavo de los demás, un títere, una marioneta, el muñeco de un ventrílocuo, la nada. Eso es. La humanidad es la nada. Mucha gente se pregunta qué es la nada y yo tengo la respuesta: la humanidad. La humanidad es la nada.

¿Hablaba el viejo o hablaba el muñeco? Hablaban ambos. Las palabras iban de uno al otro, como si se las pidieran prestadas, o mejor dicho como si se las arrebataran. Las mismas frases, uno las principiaba y el otro las terminaba. Simplemente, sin ponerse de acuerdo. Eran los dos uno mismo.

Bueno, bastaba con levantarme y salir. Ya era muy tarde y podría telefonear a mi papá para que viniera por mí. Así que dije, convencido de lo que iba a decir:

—Me quedo.

Que me oyera mi padre. Que me oyera mi madre. Puta, no sé ni por qué lo dije.

Entonces el viejo se levantó y poniendo muy en alto al muñeco, gritó. El edificio ha de haber retumbado:

—¡Tú eres de los míos!

Carajo, pensé yo, dije que sí, pero, ¿y si de pronto me marchara? ¿Si aprovechara cualquier descuido para huir? ¿Quién me iba a encontrar? ¿En dónde? Nel, ese truco, el HC, y que significa Huye Cobarde, era uno de los más socorridos por mi sacrílega persona, y no lo iba a emplear ahora. Cuando menos no esta noche. Recordé tres veces que había echado mano de él:

1. Ya lo dije. La vez que descubrí a mi tía Conchita en la cama, así, encueradita, con sus chichis al aire;
2. cuando mi primo el Gordo se robó una chamarra en Suburbia, se la puso y fue a reclamar al departamento de quejas porque lo hacían esperar mucho en las cajas, y

3. cuando por segunda vez me encontré a mi papá con Elisa, pero ahora esperando su coche en un estacionamiento de la calle de Aguascalientes, lo cual habría sido perfectamente normal porque la oficina de mi mamá estaba a media cuadra; pero digo, que yo preferí aplicar el truco HC.

Cuando menos una hora pasó antes de que el viejo quedara exhausto y se derrumbara en el sofá. Un instinto me llevó a mirar la hora, pero en vez de hacerlo me desabroché el reloj, lo puse en el suelo y lo pisé con mis Reebok. ¿Qué pasó?, me preguntó la cieguita. Nada, le respondí, estoy matando el tiempo. Aunque una voz en mi interior me alertó: aguas, no exageres. Oh, bestia, había cometido un error, mas ¿quién no se equivoca?

—¿Quieres que nos vayamos a dormir? —dijo, y bostezó abriendo tanto la boca que la envidiaría un león muerto de sueño.

—¿Cómo? —pregunté yo a mi vez. Quizás había oído bien. Quizás había oído mal.

—Que mañana va a ser un día muy cansado. ¿Nos vamos a la cama?

—Bueno —respondí, con la voz del que anuncia el Añejo de Bacardí, así, con la suficiente voz de hombre de mundo como para desconcertar a la más buenota de las pleimeits—, pero, y dónde se duerme Caperuza.

—Con nosotros. A un ladito.

Quién iba a decirlo. La cieguita era capaz de hilvanar una conversación perfectamente. Así que decidí ponerle un cuatro. Para lo cual recurrí a equis palabrita aprendida por ahí, en la Sopena. Ahora lo veríamos.

—Oye... —acoté, como el toro que sabe que va a hundir su pitón en el vientre de la víctima.

—¿Sí? —preguntó, semejante al torero que sábcoc futuro individuo levantado en vilo por la punta del certero cuerno.

—¿Sabes qué significa igúmeno? —dije, con la sabiduría y sangre fría del que descarga el golpe mortal.

—¿I... qué? —preguntó, tan azorada como una niña abandonada a dos millones de años luz del planeta Tierra.

—Igúmeno, igúmeno —repetí yo. Dos veces, para hacer dos veces énfasis de mis conocimientos.

—No tengo idea —respondió, absoluta, perfecta y ridículamente derrotada.

—Luego te lo explico —y de mi garganta salió una carcajada ejemplar. Bajones había dado muchos, pero pocos con tanto estilo.

—En la cama me lo explicas —dijo ella, y se levantó con la Caperuza en la mano.

Qué bonito se oía eso de en la cama. Pero a qué se referiría: ¿habría una sola cama para los dos, mejor dicho: para los tres? Quién sabe, pero como si hubiera una iluminación de dos mil watts, la cieguita se fue a la otra pieza y yo caminé tras ella. En efecto, había una sola cama.

Tenía, naturalmente, dos caminos: el camino A y el camino B. El camino A no era otra cosa que meterme en la cama con la cieguita y la Caperuza, lo cual no estaba muy mal sino hípermal. Ya se sabe, ya se supo que me la había fajado, pero eso, en la inmediatez y lo efímero de nuestro tiempo, había pasado a la historia, de tal modo que ahora la veía —a la cieguita, no a la historia— y como que no se me antojaba para nada. Es más, casi renegaba de mí mismo por haber hecho lo que hice. Ni a Mi Otro Yo me atrevería a confesárselo. Yo que siempre me había jactado ante él de las súper chavas que me asedian, no iba a regarla así como así. Por su parte, el camino B consistía en decirle no, sorri, aim so tair, otro día, tumorrow por la mañana, o como ustedes gusten y manden. Es decir, el camino B consistía en negarme. Como siempre, ambos caminos tenían sus pros y sus contras. Pero aquí no había más que contras, toda vez el físico de la cieguita, que bien podría ser utilizado, y con mucho éxito, para disolver manifestaciones; se ahorrarían así gases y chorros de agua. Bueno, pues simple y llanamente quité la cobija de la cama, la puse en el suelo y me acosté. Cosa rara, después de haber hecho tantas alusiones a la cama, pero la cieguita cerró por fin el pico y se durmió. Yo también cerré los ojos y soñé lo siguiente. Que es nada. Porque no me acuerdo qué soñé. Dicen que si interpretas bien tus sueños le puedes llegar a lo más profundo de tu mente. Mentira, nel. Porque lo que yo sueño lo puedes soñar tú. O lo que tú sueñas lo puedo soñar yo, ¿o no?

Lo que sí sé es que estaba yo por llegar a un

mundo de inmersión cuando sentí claramente cómo la cieguita se arrimaba junto a mí y me abrazaba. Me dijiste que me ibas a explicar qué es un igúmeno, dijo. No, no era por ahí, porque yo había soñado que la primera vez que estuviera con una chava, ésta habría de tener determinadas cualidades, cuando menos dos: bellérrima e inteligente, para no hablar de la dulzura, alegría y paciencia, tres características indispensables de toda mujer que se respete.

—¿Qué es un igúmeno? —preguntó otra vez la cieguita. Y me la empezó a agarrar. Hice entonces lo que nunca debía haber hecho:

6

Me emocioné. De chiquito yo hacía eso con mi mamá. Digo, que me gustaba pasarme a su cama. Porque mis pesadillas, además de inesperadas, eran más o menos un levesín frecuentes. Soñaba de todo: desde con monstruos —arañas tan grandes como una iglesia—, hasta que mis papás iban en un coche, me parece que en carretera, chocaban y los sacaban en pedazos. Vilmente. Como carroña vil. Allí estaba un pedazo de la cara de mi papá, la mano izquierda de mi mamá, el ojo más o menos cerrado, pero lleno de sangre, de mi progenitor, la dentadura —que reconocía por su diente de oro— de la autora de mis días, como se empeñan en llamar las secciones rojas de los periódicos a las mamás. Digo, que ahí estaba yo, parado, viendo todo eso, cuando alguien me decía: ¿puedes reconstruirlos, por favor? Así, con una voz muy familiar, muy comprensiva. Me volteaba a ver quién me lo decía y era un gato sin ojos. ¡Puta madre! ¡Qué sustote! Entonces me despertaba y corría hasta la recámara de mis papás. Sin decir agua va me metía abajo de las cobijas del lado de mi mamá. Ah, qué calientito estaba. ¡Qué aliviane! Por fin podía conciliar el sueño. Decirle bay a las pesadillas, ¿o no? Si mi mamá no hubiera estado, con toda la penérrima del mundo me habría tenido que ir a meter a la cama de Lourdes, la sirvienta que se levantaba la falda y me enseñaba las piernas. Y entonces sí, se la habría dejado ir hasta topar con pared. Pero no. Porque lo que quería era que se me quitara el mello, y para eso no hay como las mamás. Lástima que sean tan histéricas, ¿o no? Sería hipermaravillosérrimo una mamá con carácter de novia. No digo para fajar, nel, si se piensa en fajar entonces no estamos hablando el mismo idioma. Digo del apapacho, del consentimiento, de la paciencia y la dulzura. Pero estoy hablando de imposibles. Sería como pedir que una coca te supiera a sprai, o un huevo a bistec, o un pepino a chicharrón. Creo que antes el sol giraría alrededor de la Tierra.

Pues ahora estaba la cieguita acostada junto a mí, con sus dedos recorriendo mi cosita bonita. Obviamente lo que dijo del igúmeno era la aplicación del viejo truco PPC, que significa Pretexto Para Coger y que ella utilizaba sin saberlo. (Cuántas veces he visto eso: que se utilicen mis trucos indiscriminadamente, sin respetar mi autoría ni darme el menor crédito, supongo que tendré que acostumbrarme, ¿o no?) Digo, que haber utilizado el truco PPC a propósito del igúmeno le iba a costar caro a la cieguita, porque se le iba a revertir, pues me dispuse a darle una pequeña conferencia sobre los igúmenos, con el objeto de distraerla. Aunque no estaba muy seguro, porque me había empezado a gustar un buen que me la agarrara. Le hacía cosquillitas por arriba y por abajo y la mera verdad se sentía híper-riquérrimo.

Un hecho era claro, tan transparente como el agua Electropura, que es el agua que mi mamá cree que de veras está descontaminada: le había yo gustado a la cieguita, lo cual me pareció lo más natural dado las líneas de mi cara. Pero, ojo, que era cieguita, así que por mucho que se la imaginara (mi cara, desde luego) siempre habría distancia. ¿Entonces? No había más que una explicación, aunque yo sea el primero en decirme no seas dogmático: la había dejado deslumbrada y perpleja mi modo de hablar. Nadie me entiende todo lo que digo. Osbelia siempre se queda a la mitad, y eso que delante de ella hablo como la quinta parte de lo que hablo normalmente; mi papá y mi mamá igual, terminan mirándose, uno al otro, confesándose sin remedio que trajeron al mundo a un hijo hipergeniérrimo, sin límites a la vista pues carece de problemas de personalidad, ¿o no? Mi hermana Carmelita, ya lo dije, pero lo repito por hacerle un favor, es absoluta y totalmente incapaz de asomarse a cinco metros más allá de Televisa San Ángel, y de mis amigos ni hablar —incluido mi primo el Gordo—, es por demás invitarlos a que se concentren en un punto en su cerebro. Mucho menos a que ejerzan su derecho a reflexionar. Ni pueden ni saben cómo. Yo una vez quise enseñarle al Gordo a pensar. Sacamos todo de su recámara, todo: cómoda, buró, cama, tapetes, pósters, cuadros de su angelito de la guarda y de Chucho en la cruz, todo, para que no se distrajera con nada. Lo senté en una silla y le dije deja que tu cerebro se vacíe, que tu mente se quede en blanco, para que en seguida le des chance a tu escasérrima materia gris y tus pensamientos fluyan como tu torrente sanguíneo, como un río en los rápidos. Bueno, me dijo, déjame probar, pero para eso necesito estar solo. Sí, le dije. Y me salí. Oh, bestia. Mas, ¿quién no comete un error? El Gordo se quedó mirando tan atentamente una raya en la pared que se quedó perdidamente dormido, por lo que, dada su suculenta humanidad, perdió el equilibrio, se precipitó al suelo y se rompió la clavícula. ¿Qué ejercicio estabas haciendo que te lastimaste tanto?, le preguntó preocupadérrima mi tía Chati. Pues nada, creo que me autohipnoticé, dijo el Gordo.

¡Ay, güey!, debo ser sincero y confesar que nadie me la había agarrado en vivo. No das crédito. La cieguita me sopesaba mis huevitos como si fueran pelotitas, y yo pensaba: debería haber hueveras con la forma de una mano, todo el tiempo sentirías que alguien te los va balanceando, como si fueran pelotitas de esponja, de ésas que usan los viejitos para ver si se les quita la torpeza a sus dedos. Cosa por lo demás imposible. Si digo que se me empezó a híper-parar es poco, porque no era la cieguita, era la maestra Bety, mi tía Conchita,

Claudia, la amiga de mi hermana, y Osbelia, para la que tengo guardada mi colección de brasieres, pantaletas y ligueros: la única, la reina, la primera, la máxima, la amadérrima.

¡Dios me bendiga!, pensé, por tener una cosita tan bonita. Pero creo que no lo pensé, porque la cieguita dijo: Dios te bendiga por tener una cosita tan bonita. No blasfemes, acoté. Pero no acoté nada, porque sí estaba bonita. Muy.

Digo, creo yo, y modestia aparte. ¿Y quién no la considera bonita?, me iban a decir. O, ¿cómo sabes que es bonita? Pues lo pienso porque así como digo que mis dedos son bonitos, pues lo mismo opino de aquélla, ¿o no? Por eso estuve de acuerdo con la cieguita. Pero además de bonita, útil. Cuando menos cumple dos funciones, y lo hace de muy buen modo: orinar (hacer pipí, del uno, chis o miar, términos todos que solía emplear no hace un buen, y que me siguen siendo de gran utilidad), y que no le cuesta ningún trabajo, y venirse, lo que hace con sumo placer y para lo que está siempre dispuesta, sin importar lugar, hora o circunstancias. Sinceramente, estas funciones me parecen más interesantes que las del corazón, con todo y lo que afirme mi tío Balberto. Y que nadie me diga que al corazón le debemos la vida, porque es precisamente en lo que estoy pensando que le debemos a aquélla, ¿o no? Simple y llanamente hay que detenerse a pensar un leve: si estamos aquí es porque a nuestro respectivo papá se le paraguas en un momento interesante, de suma trascendencia porque naciste tú, ¿o no? Y si no, pregúntenselo a mi papá. Siempre me lo está echando en cara; acuérdate a quién le debes la vida, me dice.

Entonces la cieguita me besó y yo la besé. Puso mis manos en sus chichis y yo le dije presta. Me puso arriba de ella y yo me puse.

O creí que me puse. Porque cuando me volteó para que quedara arriba yo me paré. Pero no porque me acordara del truco HC, del que como ustedes recordarán significa Huye Cobarde, sino porque me urgía aplicar la teoría DAP, a la cual le había dedicado horas de sesuda reflexión, y que, como sus iniciales lo indican, significa De A Perrito, y cuyos postulados me permitiré enumerar a continuación:

¿Somos animales o no somos? Somos.

¿Somos primitivos o no somos? Somos.

¿Nos guiamos por los instintos o no nos guiamos? Nos guiamos.

¿Descendemos del chango o no descendemos? Descendemos.

¿Hoy somos bípedos? Somos.

¿Ayer fuimos cuadrúpedos? Fuimos.

Entonces, apelando a la más elemental de las lógicas, obviamente a la de Aristóteles, ¿de qué modo es más rico dejársela irineo a una chava, sea o no tu chava, desde luego, pero al fin y al cabo una chava, eh? Respuesta: de a perrín, de a perrito, de dálmata, pastor alemán, gran danés, cocker, setter, collie, dóberman, akita o callejero; en otras palabras: ¿quién no ha visto cogiendo en la calle a dos perros, y a quién no se le ha antojado? A ver, que tire la primera piedra. (Perdón, no vayan a creer que como me gusta esta expresión yo la inventé.)

Quería explicarle mi teoría a la cieguita. Pero me ganaron las ganas. ¡No! ¡Sí! Las ganas de hacer del uno. ¿Cómo era posible que si mi cosita bonita tenía únicamente dos funciones en la vida se le ocurriera cumplirlas a la vez y en situación semejante? En otras palabras: ¿no podía separar una cosa de la otra, acaso por pura cortesía? La miré detenidamente y me hizo rabiar. Me di cuenta que o hacía del uno rápidamente o era hombre muerto y mojaba cieguita, cobija, suelo y Caperuza, que por ahí andaría. Lo cual no me interesaba mucho salvo por la quemada. Yo creo esto: que en la cara se nos nota las veces que la hemos regado en todo. No es posible que tantos errores que cometen la mayoría de los mortales vayan a dar a la nada. Por eso los bebés nacen todos con cara de listos y mueren unos con cara de tontos y otros con cara de imbéciles, ¿o no? Muy pocos con cara de listos, de que la hicieron sin purrún. Mi papá ya no se salvó pero espero que yo sí. Así que no podía empapar impunemente a la cieguita, que ya me esperaba impaciente en la postura descrita arriba, y cuyo nombre ya basta de mencionar; o no, que voy a mencionar para gusto de unos cuantos: de a perrito. Así que con gran coraje y no poco disimulo me la sacudí, por la vieja costumbre de sacudirla antes de meterla; digo que la sacudí luego de comprobar que su tamaño había comenzado a disminuir vertiginosamente.

Dije y digo que nunca me ha costado trabajo aguantarme las ganas de hacer pis; nomás te la aprietas y listo, la sensación te puede desaparecer hasta por dos minutos, mientras encuentras un lugar disponible: llámese maceta, llanta de coche, pared deshabitada, o, inclusive, baño; pero ahora el problema era que me dolía, pero yo sin saberlo, y cuando la apreté sopas, sentí que me dolía hasta el último nervio de la espina dorsal. Con decir que hasta la piel se me puso de carne de gallina. Pobre de mi cosita bonita, le había entrado la sensibilidad; o estaba chípil.

Así que bajita la mano ya me había tardado un buen, porque estando ahí, con la chava lista y tú listo, los segundos son como perlas, valen de a madres. Entonces la cieguita se volteó y me dijo ¿qué pasa? Y yo creo que por haber estado tanto tiempo boca abajo, aguantando la sangre, plasma, linfa y todos los flujos habidos y por haber, se le habían puesto los ojos en reversa, es decir, en blanco. Se le iluminaron feo con la luz que entraba de la calle porque la del cuarto la teníamos apagada. Me asusté más que un poquín. Yo no era dado a asustarme, porque a la emoción imponía siempre el razonamiento. Pero cuando te agarraban de improviso no había de otra; como ahorita. Vi sus ojos en blanco y pensé en una muerta, o algo así, un espanto que se me estaba apareciendo, una mujer vampira, de ésas que abren la boca y se les asoman dos formidables colmillos, más grandes que los de cualquier mastín; un ser proveniente del más allá que venía por miguelito valdés, por yoni güismuler, por yoni laboriel, es decir por yo, por mí. Y ahora sí, me vi forzado a la aplicación simultánea de dos trucos, o en otras palabras: a aplicar dos trucos al mismo tiempo. Digo, que este par de trucos son de los que están formados en primer lugar, precisamente porque se recurre a ellos en momentos de extrema urgencia. Me refiero a dos de los trucos más socorridos: el HC, Huye Cobarde, del que ya hablé, y el PP que significa Pélate Pendejo. Salí corriendo como alma que lleva el diablo, valga la expresión y el contrasentido, dado que venía huyendo del diablo precisamente. Ni cuenta me di cuando abrí la puerta, bajé las escaleras y alcancé la salida. Mi cosita bonita se había reducido al tamaño de una tripita, pero todavía la tenía de fuera. Aunque las ganas de hacer chis se me habían pasado como por arte de magia. Ya estaba en la calle y la traía de fuera, como una pluma cuando se te queda colgada. Claro que no se me notaba porque estaba chiquitérrima, qué digo tripa, como un barrito. Que no fuera al revés, que la trajera yo paradérrima, porque entonces hasta provocaría accidentes de tránsito. Fuera de guasa, dado que alguna híper chava fuera manejando. Porque esa chava se deslumbraría, soltaría el volante y gritaría ¡Dios mío, esto no es real! ¿O no?

Entonces la chava bajaría el cristal y me diría vente conmigo; no, no bajaría el cristal, se bajaría del coche, me abriría la puerta y me diría, ¿qué haces aquí, parado, cuando puedo transportarte en mi nave y evitarte molestias? Yo, sorprendido, le diría yes, of cors, cértenli, mei in Taiwan, y me treparía a su carro. Cuando menos cada minuto y medio se voltearía a ver mi cosita bonita, cuyo tamaño alcanzaría dimensiones francamente fuera de toda proporción. Ah, y conste que la chava estaba súper, híper, non plus ultra, riquérrimamente bien; olvídate de las que salen en las revistas de mi tío Balberto, de Jessica Lange o de Kim Bassinger, mis ídolos, o de Sean Young, la de *Sin Escape Alguno*, con mi doble Kevin Costner, y a cuyo lado las dos citadas no llegan ni a concursantes de belleza, ¿o no? Digo, que la chava del carro me contemplaría admirada con sus ojazos verdes, y de sus labios bien delineados y ricamente sensuales saldrían expresiones como papacito, ¿dónde estabas, mi amor? ¿Cómo he podido vivir diecinueve años de mi vida sin ti? ¡Qué insignificante me siento! Pero a tu lado mi existencia va a ser otra, por fin mi vida va a tener un sentido: complacerte, hacerte feliz, ser tuya en las condiciones que tú lo ordenes, no tienes más que expresar en voz alta tus deseos, por más descabellados que te parezcan. Puedo cambiarle la hora al Reloj Chino, o dar campanadas en la Catedral, lo que tú quieras. Nací para ti. Y yo tranquilo, dándole las gracias más sentidas a mi cosita bonita por abrirme paso en este mundo henchido de dolor y traumas. Ah, cómo mi cosita bonita y yo odiamos esa palabra:

trauma, y todos sus derivados. Mi ejemplo son los perros, ¿o alguien ha visto alguno que no se le pare por estar traumado? ¿Verdad que no? Pues la chava hiperbuenérrima, chulada de mujer, aprovecharía cualquier alto para agarrármela y darme besines, largos y prolongados, todo lo que dura un alto de eje vial. Eso sí me lo imagino. Porque hay cosas que no. Mi primo el Gordo me dijo el otro día que las chavas se la meten en la boca, completita. No creo. Qué tal si les viene un calambre, o simple y llanamente se cruzan los cables, cierran las mandíbulas y te la mochan, y ahí sí adiós firuláis. Qué tal. Digo que no creo, y menos en este caso, dado el tamaño de mi cosita bonita. Simplemente la chava la vería, la olería —cosa para lo que nunca es impedimento el tamaño— y le haría sus cariñitos. Llegaríamos a su casa, gigantérrima, en las Lomas of cors, se abriría la puerta a control remoto y me diría, una vez ante la entrada, ya de la casa propiamente hablando: papacito, traspásame con eso, y de a perrito, quiero que lo hagas de a perrito, por lo que más quieras, por amor de Dios, por todos los santos y la Virgen María. Y entonces yo la miraría de ladito y le diría: espérame en la cama, déjame hacer una llamada urgente. Y aplicaría el truco CAM que significa Castígala A Morir. Es decir, marcaría el número de mi casa más el dígito tres, con lo cual te resulta invariablemente ocupado, pero tú puedes fingir la conversación que te venga en gana. Ya lo he hecho inclusive para sacar de onda a las personas que están formadas esperando hablar por teléfono. Me formo y todo. Me toca después de esperar dos turnos y atrás de mí hay otras dos personas, o tres. Marco el número, espero un tiempo prudente, que va aumentando un buen, hasta fingirme mortalmente desesperado. Estoy a punto de colgar cuando contestan. Y entonces hablo. Fuertérrimo, como si me oyeran muy mal del otro lado, para que me oigan todos los de éste. Tengo cuatro amigos telefónicos: el licenciado, el doctor, el sepulturero y mi abuelito. Con cada uno tengo grabadas mis conversaciones. (Digo grabadas porque a mi lengua le ordeno moverse siguiendo el caset.) Licenciado, habla el hijo del señor Rogelio Rosas Fuentes, ¿se acuerda que quedé de hablarle a esta hora? Mi papá le manda preguntar si se resolvió el asunto: ¿podrá salir de la cárcel para el próximo mes? El pobre está desesperado... Y me quedo calladote un buen, haciendo gestos de amargura y desesperación; doctor, habla el hermano de Carmelita Rosas, ¿ya me ubicó? Dígame la verdad, ¿mi hermana está deshauciada? ¿No hay remedio? Dios mío, no puede ser, ¿cuánto tiempo le queda, doctor? Le juro no decirle nada. ¿Jaime? ¿Qué tal? ¿Tuviste muchos entierros ayer? ¡No me digas! ¿Cómo que se te cayó el féretro? ¿No estaba bien cerrado? No te preocupes por la viuda, no fue culpa tuya. No es la primera vez que un cuerpo se sale de su féretro. ¿Abuelito? Dice mi mamá que cómo estás, que te aguantes un día más el hambre. No es mucho. Segurérrimo mañana vamos por ti, es que ahora el coche no circula. Pídele a la señora Tules un poquito de azúcar, con una cucharada tienes para el día de hoy. ¿Cómo dices? Trata de no tartamudear. No te mueres, abuelito, no te mueres. Aguanta un día más. Vete las telenovelas. Distráete un poquito. Así que hablaría por teléfono en la sala de la chava híper de lujérrimo, frente a la chimenea con su fuego trepidante. Y de pronto me quedaría fascinado por el fuego. Lo vería exactamente como lo vio el hombre primitivo, sin parpadear. Y me quedaría petrificado viendo las llamas, y oyéndolas, como si estuvieran triturando a alguien, con ese movimiento sinuoso, trémulo, nerviosísimo, que tienen. Y entonces vería las ascuas, que son esos fragmentos infinitamente pequeños que despiden los leños cuando arden, que vuelan por el aire y que las llamas se los tragan. Entonces yo pensaría que preferiría ser un ascua a un incendio formidable. Y me daría gusto haberme salido de mi casa. Digo, que en la sala además habría una alfombra de tigre, la clásica, con las patrullas a los lados y las fauces abiertas. Fingiría una conversación con una chava, como parte del truco CAM, superior a la que me estaba esperando en la recámara y de a perrín. Le diría: ¿Mi amor, mi nena adorada? Soy yo, o yo soy, como se te facilite más entenderme, tu galán, no puedo ir, no me esperes porque tengo un compromiso de ultérrima hora, tan inevitable como que al día sobrevenga la noche. Pero te amo a ti por sobre todas las mujeres, todas las demás me importan lo que al Tigre de Samarkanda los congestionamientos del Periférico. Por supuesto que hablaría en voz alta, quiero decir tan alta como para que me escuchara aquélla, la de los ojazos verdes, vellitos dorados y chichis maravillosérrimas, donde yo pudiera recargar mi cabeza y dormir como un angelito, como un miembro más de la corte celestial, a quien bien se le pudo haber resbalado el arpa y bajar por ella, ¿o no? Jar, jar. Subiría a la recámara y le preguntaría a la chava: ¿cómo te llamas, muñeca? Y ella me respondería en el mejor español hasta ahora formulado, desde las cumbres del Siglo de Oro, cualquiera de estos nombres, que son los que más me gustan en la persona de una mujer. A saber: Laura, María, Gabriela, Lourdes, Eugenia, María (va de nuez), Fernanda, Ariadna, Angélica, Dulce, Teresa, Viridiana, Valeria, Flor, Elena, Claudia, María (va de recontranuez), Lupita (Guadalupe no, Lupita), Brenda y Debra; y son los que más me gustan por dos razones: por el modo como suenan y por su significado. Los tengo subrayados en el *Diccionario Etimológico Comparado de Nombres Propios en Español* de Gutierre Tibón, uno de mis manuales de cabecera. Pues me diría me llamo Karen, y sí, sí, un nombre que le iría muy de acuerdo con su físico, así, medio güerita y medio mexicana del estado de Chiapas, aunque más güerita que chiapaneca. Y a su vez ella me preguntaría y tú cómo te llamas. Le diría mi nombre y ella me diría te va muy bien, te va muy bien, o no lo diría pero sí lo pensaría porque sus ojos de ensueño me mirarían extasiados. Hay varios ojos que miran así: los de San Martín de Porres cuando mira las apariciones divinas, los de mi mamá cuando a mi papá se le ocurría traerle flores, los de mi mamá la escasérrima vez que me llego a sacar un diez y los de mi hermana Carmelita cuando cualquier tarado la saca a bailar. Entonces la tomaría de la cintura porque mentira que me estaría esperando de a perrín in di bed; nel, mejor estaría esperándome de pie, vestidita, y yo haría de las mías. Aplicaría el truco GF, que significa Galán Fortuito, y yo mismo la dejaría como Dios la trajo al mundo, le daría besos cálidos, le diría palabras cariñosas, extraídas de mi libro *Los mejores poemas de amor*, y la pondría en la posición adecuada, que, insisto, sería de a perrito. (A propósito, por eso le han de haber dado tantos Óscares a Kevin Costner por *Danza con lobos*, porque cuando los señores del jurado oyeron lobos luego luego pensaron, lobos igual a perros, perros igual a de a perrito, por lo tanto vamos a premiar a este muchacho, ¿o no?) O mejor le gritaba desde abajo, ella bajaría hasta la sala y subiríamos juntos hasta la recámara. Caminaría delante de mí, abriendo puertas, quitando sillas, y en fin haciendo a un lado todos los obstáculos, para que mi cosita bonita pudiera pasar sin riesgo alguno, no vaya a ser que sufriera algún lamentable accidente. Y, por supuesto, así como antes aprovechaba cualquier alto para darle un besito, ahora, con el menor pretexto, es decir, con el pretexto más fútil, sin saberlo conscientemente pero escuchando la voz de su instinto, digo, que se agacharía, y como yo vendría atrás de ella con mi cosita bonita de fuera, como la proa de un gran barco, digo, que ella ya en el suelo se daría media vuelta, diría oh, mai god, y le daría besitos, lindos y productivos besitos. Yo le diría calma, Karen, calma, aprovecha mejor el tiempo que te quede de vida, es decir, de aquí a la recámara, ¿o no? La obligaría a incorporarse y como todo un yentlemantérrimo, condición sine qua non de mi existencia, la conduciría hasta la recámara, y los ojos se le saldrían de sus órbitas al momento de sentirla adentro, como se le habían salido a la cieguita, blancos y de fuera. ¡Chin!, la cieguita. ¿Qué onda? No me había movido de la puerta de Artículo 123 número 125. Había muchos voceadores, con su montón de periódicos a un lado, tomando cervezas en la banqueta, arreglando una bici o acariciando alguna mujer. ¿Cuánto tiempo se me había ido ahí? ¡No me había movido ni un centímetro! ¿Un minuto, dos, cinco? Lo ignoro, como tantas otras cosas. Pero no me importaba ni me iba a quitar el sueño, así que me metí mi cosita bonita y eché a caminar hacia mi izquierda, hacia Bucareli, una calle que me caía en gracia nomás por el nombre. Se me hacía como nombre de juguete: Bucareli, ¿o no? Por un momento haz la prueba de fuego: cierra los ojos y piensa en Bucareli, ¿qué ves? ¿Un juguete, no es cierto? ¿Verdad que sí? Algún día se pondrían de moda los bucarelis y todos los niños tendrían el suyo, o se lo pedirían a los Reyes Magos. ¡Qué mala onda enterarse de que los Reyes Magos son tus papás! Creo que es el golpe más duro que se le puede dar a un chavito. Porque a la vez no hay nada que uno espere con mayor ilusión y alegría. Es todo, la máxima aspiración a que puedes aspirar siendo niño, y que venga alguien y te diga los Reyes Magos no existen, güey. Puta madre, no hay nada peor que eso. A mí me lo dijeron en cuarto año, un niño de mi escuela. Lloré muchísimo y en las noches urdía cómo vengarme. Por eso quiero tanto a los griegos, porque mataban a los portadores de malas noticias. Digo, que decidí caminar hacia Bucareli y reflexionar sobre mi nueva situación cuando una mano me detuvo del brazo. Cerré los ojos, pero así y todo reconocí el apretón. Digo,

7

Que creí reconocer el apretón porque en realidad mis brazos estaban libres, libres y sueltos, tan libres y sueltos como no habían estado nunca antes; digo, a lo mejor exagero pero eso es lo que creí y eso es lo importante, ¿o no? Ojo, cuando digo sueltos, no digo que separados del cuerpo, lo cual habría provocado el espanto de más de uno, sino libres, sin nadie que me estuviera dando apretón ninguno. Así que enfilé mis pasos hacia Bucareli. Lamenté no saber leer las estrellas para darme una idea aproximada de la hora. Y pensándolo bien, aunque las hubiera sabido leer, en la ciudad de México está híper-cañoncérrimo localizar una estrellita, ¿o no? Acaso en diciembre y enero (ojo, que para mí enero es el mes trece, no el uno) las de los tres Reyes Magos. ¿Nunca las han visto? Van en filita. Bueno, lo mismo podrían ser las once de la noche que la una de la mañana. Además me había desprendido (deshecho, mejor dicho) de mi reloj en un arranque que bien podría ser calificado por los dioses como divino, por lo que de fondo se intuía que la hora había dejado de ser preocupación fundamental de mi existencia. No el tiempo; porque son cosas muy distintas, la hora y el tiempo. A una hora determinada entras a la maledicente escuela y a su tiempo la reata se te paraguas, ¿o no? Por eso me gusta el Eclesiastés, que es mi libro de lecturas cuando voy al baño, a defecar, zurrar, cagar, hacer del dos, firmar con tinta gruesa o como ustedes gusten y manden. Digo, que ahí se dice que hay tiempo para todo: para abrazar y para estar lejos de los abrazos, para romper y para coser, para guerrear y para estar en paz, teoría que he aplicado a mi vida y que se resisten a aceptar los seres humanos con quienes vivo, o los que me rodean. Todo mundo quiere ordenarte algo cuando estás en el tiempo de la ociosidad; ya lo dije, te ven en la cama, con la mirada concentrada en algún punto del horizonte de tu recámara, y empiezan las jorobas: ¿qué no te dejaron tarea?, ¿por qué no le das una limpiadita al coche?, ¿me acompañas a traer los refrescos?, ¿le llevas un encargo a tu tía Chati?

Así que saber la hora era asunto que bien podría posponerse. Llegué a Bucareli y se me presentaron dos caminos: el camino A y el camino B. El A consistía en caminar a mi izquierda, y el B, ya lo habrán deducido, a mi derecha. Realmente estaba ante una encrucijada. Esta cuestión de las encrucijadas me había apasionado toda la vida. Creo que siempre estamos saliendo de una encrucijada y entrando a otra. Y por miles: escoges una camisa en vez de otra, dejas de ver una película por ver otra, te acuestas de un lado y no del otro. Qué se yo. A propósito: leí en el *Diccionario de Esoterismo* que las brujas solían aparecerse en las encrucijadas, cuando el caminante se quedaba viendo hacia un lado y hacia el otro, cavilando por cuál camino decidirse. Y yo estaba en una encrucijada, que bien podría ser la encrucijada de mi vida, la más importante, ¿cómo saberlo si todavía no la había vivido? Así que cerré los ojos y dejé que mi instinto me guiara. Puse mi direccional, oprimí el acelerador, solté el cloch y giré el volante hacia la derecha. En efecto, estaba a bordo de mi Corvette de 150 melones, todo él negro, que recorría las carreteras del país como una mancha difusa. Cada parte del interior de mi carrérrimo era algo así como la prolongación de mi cuerpo, de tal modo que donde caían mis manos era como si no cayeran, como si siguieran ahí. Si agarraba la palanca de velocidades en realidad estaba tocándome la rodilla derecha, y si accionaba las luces estaba yo rascándome el muslo izquierdo, así que estaba yo subido en un matra levemente poderosísimo. Hice aaaaah, y oí claramente un acelerón demencial. Eso sí, que no me detuviera nadie porque no tenía licencia, ni siquiera el permiso que yo mismo me había hecho y que, oh, bestia, mas quién no comete un error, había utilizado como separador, precisamente del *Eclesiastés*.

Seguí pues sobre Bucareli y sentí un aguijón en el estómago identificado vulgarmente como hambre. Me pregunté entonces sobre la impropiedad de las palabras; si en realidad cada una de ellas estaba colocada sobre un banquito y se podían caer en cualquier momento. Por ejemplo, con la palabra hambre, ¿cómo saber efectivamente que el término hambre correspondía a esa extraña sensación?, ¿y si hubiera una confusión generalizada y en lugar de decir sed decíamos hambre, y en vez de decir luz decíamos oscuridad? ¿Cómo saberlo? ¿Qué ocurriría si a un niñito le dijéramos rojo en lugar de azul, y negro en vez de blanco, o vaso en lugar de cubeta y sangre en lugar de leche? Nadie podría decirle que no tenía razón, ¿o no? Prometo solemnemente que cuando tenga un hijo, con la aquiescencia de su divina madre, llevaré a cabo esta prueba.

Pues por lo pronto yo tenía hambre, lo que me llevó a revisar mis bolsas. Para qué. Lo único que traía era un penique, un auténtico penique inglés. Quizás si estuviera en Inglaterra me sería de gran utilidad, echándome volados con algún merenguero. ¿Qué habría hecho Bond, James Bond, con un penique en mis circunstancias? Bueno, tendría varias opciones, suponiendo que llamar por teléfono cueste eso, un penique. Hablaría a su central y pediría que le enviaran su Aston Martin a recogerlo; también podría llamar a una de sus súper chavas y pedirle que lo recogieran enfrente del Big Ben; o bien aplicar el truco AT, que significa Apuéstalo Todo, y multiplicar el penique. Porque un penique es un penique, y siempre es mejor tener un penique en la bolsa que no tener nada, ¿o no? Así que me metí en un café de chinos y le espeté al primer chinito que vi: —conste que digo le espeté y no le dije, porque espetar tiene más énfasis que decir—, así pues, le espeté: ¿no te interesa comprar monedas del extranjero, en especial del imperio británico? El chinito, bien aposentado detrás de la barra, se me quedó viendo como diciendo chale, para al fin y al cabo, luego de mirar insistentemente hacia arriba y hacia abajo, de entornar los ojos hasta casi desaparecerlos y figurar sus párpados dos rendijas blancas, me dijo: ¿de dónde decil que tenel monedas? Chin, qué mala onda, pero estuve a punto de descoserme de la risa. Este chinito no sólo era chinito sino hablaba como tal. Con la ere que la pronuncian como ele, y los verbos en infinitivo como los indios. Nunca había oído a nadie hacerlo. El chinito era como de mi edad, y me dije: a lo mejor está aplicando el truco HCCH, que quiere decir Hablar Como Chino, y en realidad es coreano, o mexicano descendiente de chinos; pero para el caso era lo mismo: había mostrado interés en mi penique y eso podría evitar que yo muriera de inanición, como dice mi tío Balberto que debe decirse. Empecé a pensar en los chinos. Dicen que inventaron la pólvora, el papel, la tinta, la brújula, los fuegos artificiales, y qué sé yo cuántas cosas más. Me caen bien y me caen mal. Bien, porque tenían los guerreros más valientes del mundo, que se llamaban samuráis, y mal porque siempre he tenido la impresión de que traen gato encerrado, de que no son precisamente todo lo sinceros que esperas que sean los inventores del chop suey, platillo que yo había comido en mi casa pero nunca en un restaurante chino, que ése y no otro lugar era donde yo me encontraba ahora.

—De Inglaterra —le respondí—, esta moneda es del imperio británico o, para decirlo más familiarmente, del famoso Commonwealth.

—¿Commonweal? Yo nunca habel oído esa palabla.

Bueno, me encontraba ante un caso de ignorancia supina. Quien no había oído hablar del Commonwealth no valía un cacahuate como interlocutor. Así que también entre los orientales se daban casos de inopia mental, me dije. No solamente entre los miembros de mi familia nuclear, incluido mi primo el Gordo. Razón por la que decidí olvidarme por unos cuantos momentos de mis conocimientos y conversar con el chinito.

—Es otro modo de referirse al imperio británico. El Commonwealth comprende las naciones, mandatos, dominios, protectorados, posesiones y colonias unidos por un lazo común con la Corona británica, cuyo soberano es el jefe de esta comunidad. El Commonwealth se extiende por los cinco continentes, y además del Reino Unido de Gran Bretaña e Irlanda del Norte, sus principales miembros son Australia, Bahamas, Bangladesh, Barbados, Bostwana, Canadá, Chipre, Dominica, Fidji, Gambia, Ghana, Granada, Guyana, India, Jamaica, Kenia, Kiribati o islas Gilbert, Lesotho,

Malawi, Malasia, Malta, isla Mauricio, Nauru, Nigeria, Nueva Zelanda, Papausia-Nueva Guinea, Santa Lucía, San Vicente, las islas Salomón, las Saychelles, Sierra Leona, Singapur, Sri Lanka o Ceilán, Suazilandia, Tanzania, islas Tonga, Trinidad y Tobago, Tuvalu, Uganda y Zambia —repuse.

—¿Podel vel moneda? —balbuceó el chinito. Y digo balbuceó porque el aplomo se le había ido. E insistió: ¿a vel?

—¿Cuál Abel? —pregunté—. ¿El hermano de Caín?

—No, que a vel moneda —replicó el chiniux.

—Ah, sí, claro —respondí infalible, con mi habitual lógica aristotélica.

Así que saqué mi bolsa de gamuza y me propuse deslumbrarlo. Es muy fácil deslumbrar a alguien. Simplemente tienes que aplicar el truco DTT, que significa Date Tu Tiempo, y que, como su nombre lo indica, consiste en hacer desesperar la paciencia del que tienes enfrente. En este caso, la paciencia del chinito. Digo que saqué la bolsita y despacio, muy despacio, la empecé a abrir. Y justo cuando la iba a vaciar se me ocurrió:

1. agacharme y amarrarme la agujeta de mi tenis izquierdo;
2. amarrarme la agujeta de mi tenis derecho, de paso;
3. observar a la clientela: el restaurancico era chiquérrimo, de ésos que apenas caben unos cuantos clientes, mejor dicho unas cuantas

mesas, porque clientes había muchos, para variar, voceadores, algunos acompañados de mujeres y otros de sus amigos, los que, para variar, también eran voceadores; no me pregunten cómo los reconocía, pero no podía equivocarme;

4. aspirar el olor que dejaban los bisteces, como si fuera el olor del paraíso, y
5. rascarme un supuesto barrín que me estaba saliendo en la aletilla izquierda de mi nariz, y por cuya presencia corría el riesgo de echar a perder mi mejor ángulo.

Pues luego de acometer estas minucias, decidí vaciar de una vez y por todas mi bolsita de gamuza. Hice a un lado lo que sobraba y dejé la moneda al centro del mostrador. El chinito no dejaba de mirar a dos puntos: a mí y a la moneda. Subía y bajaba la cabeza como preguntándose qué hacía yo ahí, a esas horas, y dueño de semejante tesoro, en su restaurante; y digo *su* no porque necesariamente fuera de su propiedad, o propiedad de su familia, sino porque a uno le gusta decir así: mi escuela, mi casa, mi iglesia. Nos hacemos la ilusión de que tenemos un montón de cosas, hasta de seres humanos, cuando en el fondo estamos vacíos, como un pozo que desde hace mucho se ha quedado sin gota de agua. Como yo, que rápidamente podía pasar lista de mis propiedades, las únicas y que nadie me quitaría:

a. unos cuantos diccionarios;
b. mis padres, aunque los tuviera que compartir con mi hermana Carmelita;

c. mi hermana Carmelita, aunque por fortuna la tuviera que compartir con mis padres;
d. mi novia Osbelia.

No es cierto. Que nadie me pregunte por qué pero tengo que decirlo: no hay tal novia. De hecho jamás le he dirigido la palabra a Osbelia. Ella existe. Por supuesto que existe, si es lo que le da sentido a mis días. Sé dónde vive, y tuve que hacerme amigo de la cocinera para sacarle todos los datos: desde su nombre hasta la escuela a la que va o la dirección de sus primos en Guadalajara. Nunca ha habido nada de nada: jamás la he besado, ni mucho menos le he agarrado el tirante de su brasier o ella misma me ha enseñado los calzones; nada de nada. En cambio la he seguido. Eso sí. Sé exactamente lo que está haciendo cada minuto de su maravillosa existencia. La primera vez que la vi fue en la iglesia de Santa Rosa de Lima, y desde entonces no la he perdido de vista. Con mi bici la he seguido cuando va en el coche de su mamá por toda la colonia Condesa, o la Roma, la Del Valle y la Escandón. Voy atrás del coche y sólo veo su trenza dorada, pero saber que va allí me hace sentir inmensamente feliz, tan feliz como un perro cuando avista a su amo. La he visto cuando se baja del carro y acompaña a su mamá de compras por el Palacio de Hierro; la he visto cuando en compañía de sus papás va a comer a algún restaurante; la he visto llegar a una casa de la avenida Mazatlán y bajarse; he adivinado que va de visita, algo así como la casa de sus tíos, pues su mamá le da su beso a la señora que sale a abrir la puerta; he adivinado esto y yo la he esperado allí, por horas, jugando con la arena del camellón, levantándola a puñados y dejando caer los granitos, los diminutos y minúsculos granitos como si todo yo fuera un reloj de arena y estuviera a punto de morir. Pienso entonces que las personas no somos otra cosa que relojes de arena y que la materia de que estamos hechos se llama arena, arena del desierto, que poco a poco va cayendo hacia abajo, hacia el suelo, de donde nunca debió haber sido tomada. Polvo vil. Pienso esto y pienso que yo preferiría ser un granito de arena a ese reloj que soy yo y que suma millones de invisibles granitos. Lo he hecho infinidad de veces, mirando la puerta por la que saldrá de un momento a otro. Para volverla a seguir una vez más. ¿Cómo no seguirla? ¿Cómo quedarme tranquilo pensando que quizás corra algún peligro? Tal vez mi cara le sea familiar: sus bellísimos ojos azules me han visto parado junto a ella, esperando el siga, yo a bordo de mi bici, decenas y decenas de veces; también me ha visto acechando desde los árboles, tras los coches, desde la acera de enfrente.

El mechoncito de pelo sí es suyo. Por supuesto que sí. Lo recogí hace algunos meses, cuando tiró su peine al suelo. Lo hizo a propósito porque ya estaba muy usado. Lo arrojó con el coche en movimiento. Jamás sabrá lo dichoso que me hizo. Cuando lo hizo detuve mi bicicleta con riesgo de que me atropellaran y recogí el peine. Digo, que nada, absolutamente nada en la vida, me habría podido hacer más feliz. Extraje el pelo, lo olí, lo palpé, lo besé, y desde entonces lo llevo en mi bolsa de gamuza. Le he escrito mucho, alrededor de cinco cartas diarias; inclusive he estado a punto de poner muchas de esas cartas en el correo; pero no me he atrevido a hacerlo. Mientras no me diga que no, soy libre de espiarla, de seguirla, de morir por ella. Pero si me prohibiera verla más, entonces sí no sabría qué hacer. Acaso podría seguir pronunciando su nombre. Ninguna música es más dulce a mis oídos: digo Osbelia, Osbelia, Osbelia, y por fin puedo dormir en paz o levantarme con ánimos. Saber que está ahí, a sólo unas cuadras, y que basta con que la espere para que la mire acompañar a la sirvienta al súper o a la papelería, me hace sentir con bríos cada mañana. Por eso no me atrevo a hablarle. ¿Habrá pensado ella en lo que puede hacerle a un hombre, a mí? ¿Se habrá detenido alguna vez en eso, en algo que parece tan lejano pero que es más real que una tarde lluviosa o que una noche sin estrellas? ¿Pensarán en eso las mujeres? ¿O de veras serán tan crueles como para ignorarlo? Osbelia sí lo piensa, o no sé si lo piense y por eso no quiero ponerla a prueba. Pero quién soy yo para ponerla a prueba. ¿Con qué derecho? Si apenas puedo aspirar a ser un granito de arena. No más.

Pues de pronto el chinito empezó a mirar el resto de mis pertenencias. Vi el efecto que le causó: guiñó los ojos, movimiento que a duros trabajos alcancé a percibir dado lo pegados que los chinos tienen los párpados; digo, que guiñó los ojos y dijo: ¿tenel nelvios? Un poco, asentí. No suelo desprenderme de mis tesoros, agregué, cuando vi que miraba atentamente mi cola de lagartija. ¿Qué sel esto?, preguntó, levantándola por un extremo. No me hagas preguntas cuya respuesta quizás te produzca pavor. ¿Pavol? ¿Pol qué pavol? Porque no estás acostumbrado a las situaciones límite, le dije en un tono que significaba dar por concluida la apenas iniciada conversación. ¿Cómo se apellidaría?: ¿Pu Yi? ¿Chen Po? ¿Tse Tung? ¿Liu Fong? Quién sabe, pero lo más probable es que fueran un par de sílabas de extraña tesitura, ¿o no?

—¿Y todavía siguen entrenando samuráis? —pregunté, con el fin de cambiar abruptamente de tema y para que no me fuera a sentir hostil.

—Los samuláis sel japoneses, no chinos —me dijo, en un tono que significaba, obviamente, dar por concluida la apenas iniciada conversación.

Entonces tomó el penique y lo empezó a mirar con una atención desmedida, como lo miraría un experto en monedas extranjeras, o un corredor de bolsa.

—¿Cómo llamalte? —me preguntó.

Le dije mi nombre y se sonrió: Sel un bonito nomble, dijo.

—¿Y tú? —le pregunté, un poco por ser cortés y un poco porque de veras me interesaba. Le había atinado: su nombre se componía de esas dos sílabas, que apenas habían entrado en mis oídos ya las había olvidado. Observaba el penique por un lado y por el otro. Entonces yo pensé: o nunca ha visto un penique o tiene desconfianza. Aunque podrían ser ambas cosas, también eso era posible. Me dije: lo va a morder. Clásico que se lo lleva a la boca y lo muerde, como si por ese solo hecho se pudiera saber si una moneda es auténtica o no. Y así fue. Pero no se limitó a morderlo sino que el penique desapareció en el interior de su boca. Se lo llevaba de un lado a otro, lo mordía, lo saboreaba, y entonces se lo sacó. Sel auténtico, dijo, como que dos más dos sel cuatlo. Pelo no complal.

No podía ser de otra manera. Tenía, ante mí, dos caminos: el A y el B. El A consistía en poner cara de perplejo y simular que no entendía nada, que para qué tanto teatro de morder la moneda y demás. El B, en tomar la moneda, sacudirle las babas del chinito, guardarla en la bolsa, decir gracias y retirarme. Pero si he de ser sincero debo decir que ya me había decidido por este camino aun antes de plantearme la existencia de los dos caminos, porque ya me estaba dando media vuelta con la bolsa de gamuza en mi bolsillo delantero izquierdo, que es el que no tiene hecho el agujero para emergencias, cuando el chinito me dijo: Tú quedalte. Yo dalte de cenal glatis si tú lavalme los platos. Polque sel listo y caelme bien, y como dos más dos sel cuatlo que tú estal en lío.

¿No sería pariente de mi mamá? Me la recordó porque no sólo tenía un leve parecidín con la autora de mis días, sino porque adivinaba todo. Así es mi mamá: te adivina qué comiste, adónde fuiste, cuánto dinero tienes en la bolsa, a qué hora te dormiste. Todo, todo. A mí más que a nadie. Carmelita la engaña mucho y no se da cuenta. Porque las mujeres son buenas pana mentir, o porque mi mamá se acuerda cuando era chica y por eso finge. Yo le he oído decir a mi hermana que tiene calor cuando hace frío, que no durmió nada cuando se pasó la noche dormida como un tronco, que nada le da miedo cuando se asusta de todo, y que Pedro, el vecino, está horrible, cuando se muere porque la invite a salir. Mi papá no miente, o no así, cuando menos. De no haberlo visto con Elisa nunca hubiera supuesto que es tan capaz de mentir como Carl Lewis de decirle no a las drogas. Pero esto no viene al caso, como no vienen al caso muchas cosas. Creo que ahí se basa gran parte del fracaso humano: en que no viene al caso. Por ejemplo, cuando una nación tiene muchisísimo poder y no es necesario tener más, se impone una conquista por la cual pierde todo, todérrimo. Y ni venía al caso, ¿me explico? O una persona cuando se pone a hablar, a desbarrar más de la cuenta. Ni viene al caso, pero ahí está: jactándose de lo que no tiene, haciendo promesas a granel, erigiéndose como si fuera estatua, toda llena de caca de paloma. Ni viene al caso pero ya regó toda la sopa, ¿o no? Me da vergüenza confesarlo, pero yo hice algo así. Digo, que la regué. La primera vez que apliqué un truco en mi vida (bueno, una de las primeras veces, porque la primera primera fue cuando apliqué el truco NB, que significa Nace Bebé). Pues esta vez, la vez que platico y quiero comentar, que aunque no viene al caso quiero hacerlo, fue cuando estaba en quinto año y, clásico, rompí un vidrio de un balonazo. Todos nos echamos a correr, y en la noche estaba yo muy tranquilito en mi casa viendo la tele cuando tocó el dueño de la casa que le había yo roto su vidrio. Me puse a temblar y apliqué el truco NTPF, que quiere decir Niega Todo Por Favor. La cosa no pasó a mayores. Mi papá le dio una lana al ruquiux y a mí me regañaron y de castigo me dejaron sin tele el fin de semana. Así que ni venía al caso preocuparse tanto, ¿o no? Una cosa aprendí: que no debí haber jugado enfrente de una casa cuyo dueño me conocía. Así que la sopa la regamos todos. Inevitable. O inevitabilérrimo, como gusten, quieran o manden. ¿O no?, digo.

Como la sopa que dentro de unos minutos tendría enfrente y que vendría pegada en los platos, seguramente por tanto tiempo que llevaba ahí. Aunque lavar platos era de lo más sencillo. De hecho mi mamá me tenía súper acostumbradérrimo, o para decirlo en otras palabras: nadie en su vida había lavado tantos platos como yo, ni las chavas que lavan los trastes en los Sanborns se comparaban conmigo. Así que dije: pocas tareas tan sutiles. Acepto.

¡Puta madre! Jamás en mi aún magra existencia había visto tal acumulación de trastes. Eran un buen. Pero vamos por partes. Primero la cocina. Si mi mamá hubiera estado ahí, habría puesto el grito en el cielo. Y gritado de veras, como cuando se encuentra cara a cara un ratón. Y no digo que esté hiperchaparritérrima, sino que se lo encuentra y toda su gesticulación facial se atrofia, hasta no ser más que un espasmo. Vilmente un espasmo. Pues la cocina estaba cochinérrima. Con decir que los dos cocineros que había espantaban las cucarachas con su mandil, cada medio minuto, o menos. Además olía como baño, de esos waters donde el agua se fue hace varios días. Así olía la cocina. Digo, que eran dos los cocineros y dos las meseras, que entraban y salían con los platos, llenos o vacíos, según. Bueno, se me había dicho que lavara los trastes, pero así nunca iba a acabar, porque... no sé si alguno de ustedes ha visto alguna vez un río, un río real. El que sea... Pues no se compara con el flujo de trastes que caían en el fregadero. Pero los empecé a lavar, porque entre más me lamentara más me tardaría. Echaba las sobras en un bote de basura, inmenso, el más grande que he visto, que estaba a mi lado. Pero entonces cayó en mis manos una costilla, a la que apenas le habían hincado el diente. Estaba mordida, pero aún tenía suficiente carne y grasita como para hacerme feliz, felicérrimo. Así que me la empecé a comer, qué a comer, a chupar, hasta salsita sobraba, o algo que parecía salsita. Casi me la como con todo y hueso. Me metía y me sacaba el hueso de la boca. De plano nunca había probado una costilla tan rica. Fue la primera, porque de ahí en adelante examinaba bien los huesos antes de arrojarlos al bote de la basura, y si les sobraba un poquito de carne, un poquitito, pues pasaban por mis mandíbulas. También los platos con bisteces, me encontré uno tan rico que hasta me chupé el plato, con lo que me evité lavarlo. Bueno, había descubierto una nueva técnica para ahorrarme la aberrante lavada. Así, poco a poco mi pancita fue sintiéndose más contenta. Según había dicho el chinito lo que me daría a cambio de lavar los trastes sería una cena, pero ahora ya había cenado; si se le ocurría darme una costilla ya casi no podría comer nada, y lo más probable era que no me diera un quinto. Así que me dije: Ele (pronuncié únicamente la inicial de mi nombre, para no perder el tiempo): ¿qué esperas? Ya cenaste, ya te puedes marchar. Hazlo rápido y disimuladamente, no vaya a ser la de malas que el chinito se encabrite y sepa kung fu, o alguna de esas artes marciales, de las cuales no sabes ni la o por lo redondo. Así que despacito, muy despacito, deja los trastes, sécate las manos, date media vuelta y ve saliendo imperceptiblemente, como si fueras una de las cucarachas que anda por ahí y que nadie pela. Salte, eso es. Así está muy bien, muy bien. Mira, el chinito está cobrando una cuenta. Ahora o nunca.

8

Y en menos de un abrir y cerrar de ojos ya me encontraba afuera del restaurantico, cenado y sin un quinto; quiero decir sin un quinto mexicano pero sí con un quinto inglés, vulgarmente llamado penique, ¿o no? Digo, que ya me había salvado, ese peniquito, de morir de hambre. Así que con un poco de suerte podría acumular una pequeña fortuna; de ese modo y no de otro habían principiado algunos ya famosones, que me llevan regular ventaja: Henry Ford, Nelson Rockefeller, Aristóteles Onassis. Clásico: que se les ocurre inventar algo que no existía —chin, qué pleonasmo, uno más para la *Antología de Imperfecciones de Ele* (qué hueva me da decir mi nombre, ¿o no?, creo que ya se notó, jar, jar), antología que presentaré al mundo para desmentir los rumores acerca de mi perfección; añadiré fotografías para que se vea que bien visto en la misma cara también podría encontrármeme alguno que otro defectín, demostración que muchos reprobarán indignados a la vez que exclamarán: ¡Pero si era la belleza, la consumación de la estética, el concepto clásico, el aura dorada, el Apolo urbano! Pues esa antología incluirá no nada más los pleonasmos que me ha sido dado decir, sino errores de construcción gramatical, de conocimiento e inclusive de juicio. La voy a regalar en el metro, en los camiones o a la salida de los cines, cuando la gente salga aburrida de ver a Tom Cruise y quieran ver algo bueno. Ya los estoy oyendo: ¡Dios mío, Kevin Costner en persona, regalando su autobiografía! ¡Quiero una! ¡Yo también, yo también! Digo, que ahora el siguiente paso era inventar algo o de plano ingeniármelas para sacar unos cuantos pesillos y no regresar a mi casa con las manos vacías, sino con los dólares saliéndoseme de las bolsas. Lo primero era conocer mis posibilidades, o mejor dicho: pensar y pensar hasta dar con lo que le hiciera falta a toda la gente, cuando menos eso fue lo que hizo el buen Henry Ford, ¿o no? Así que decidí hacer una pequeña lista de lo que carecían las personas en su inmensa mayoría, algo que necesitaran y que no estuviera inventado. Al momento se me vino a la cabeza una lista de cuando menos diez objetos, misma que tuve que relegar porque de pronto con el rabillo del ojo que ostento en el lado izquierdo, vi cómo el chinito me veía, brincaba la barra y salía decidido a detenerme. Y yo que pensaba que con esos ojos híper non plus ultra rasgadérrimos que caracterizan todo rostro chino o japonés veían las cosas nada más de frente, como los caballos, y achaparradas, por lo mismo de que, ya lo dije, los párpados parecen encimarse y comprimir las figuras. Digo, que lo vi salir como gamo. ¿Quieres comer? ¿Ah, sí? Bueno. Las rodillas chinas nos la pelan, dijeron mis rodillas; y mis pies: los pies chinos nos la pelan; y mis muslos: los muslos chinos nos la pelan. Ya había yo probado mis méritos de Carl Lewis en cierta ocasión, cuando con un amigo me robé un balón de futbol y el empleado de la tienda me persiguió por el camellón de la avenida Amsterdam, persecución que bien podría inmortalizarse en un cuento, pero que necesitaría de la pluma calibre 45 de un escritor avezado, y que no lo hay. Bueno, ahora no me había robado nada pero la situación no podía ser más clara: o me escapaba o este chinito me alcanzaba y santa madriza que me ponía. ¿Por qué? Quién sabe. Pero no iba a tener la paciencia de averiguarlo. La paciencia había que aplicarla a otras cosas —por ejemplo, para sostener una conversación con tu hermana o escuchar las peroratas de tu mamá. Así que simple y llanamente metí el acelerador hasta el fondo y puse las altas. Dejé medias Gudyear en el suelo —aún puedo percibir el olor a hule quemado— y me empecé a perder de vista. Atrás de mí venía el chinito. No tenía ni mi velocidad ni mis reflejos, más bien era lentín. Gritaba: ¡No colel! ¡Detenelte! ¡Yo pagal! ¡Tú sel mi amigo! Qué amigo ni qué madres, me decía yo. Si no tengo amigos. Lo cual era cierto. Todos los chavos de mi edad me sacan la vuelta. No sé por qué, pero así es. En la escuela, por ejemplo, nunca me incluyen en nada. Más bien siento que dicen cosas de mí, que rumorean. A veces he tenido algún amigo, tampoco he sido lo que suele llamarse un perro sarnoso. Por ejemplo, al amigo con el que me robé el balón traté de enseñarle mis trucos, para todo. Le decía: aplica el truco tal y tal, todos los días, a todas horas, porque yo sentía que le iba a ir mejor. Pero lo cansé. Un día me lo dijo: Estás absolutamente loco de remate, yo le dije que aplicara el truco HG, que como ya lo dije significa Hazte Güey. Fue la última vez que platicamos. Así que menos me iba a ir con la finta del chinito. ¡Yo sel tu amigo! Sí, chucha. Vi el velocímetro enfrente de mí: casi había alcanzado los ciento treinta kilómetros por hora y todavía me sobraba un buen. Revisé todos mis marcadores: tres cuartos de tanque, la temperatura normal, presión de aceite normal, el amperímetro levemente cargado hacia la izquierda, lo cual indicaba claramente que la batería no estaba cargando lo que debía, nada de cuidado, ya lo revisaría más adelante. El tacómetro andaba por las dos mil ochocientas revoluciones. Buen paso. Pero como la velocidad del sonido es más rápida que cualquier vehículo salido de la General Motors, como lo era mi Corvette, seguía oyendo los gritos del chinito: ¡Venil! ¡Venil! ¡Leglesal! ¡Yo tenel mechón pelo! Apliqué los frenos de potencia a tal grado que casi me fui de bruces. ¿Mi mechón de pelo, del amadísimo pelo de Osbelia? No era posible. ¿Cómo me lo podía haber quitado este descendiente de Confucio sin darme cuenta? Vino a mi mente la bolsa de gamuza sobre el mostrador, había yo guardado todo tan precipitadamente... Y me había agachado a amarrarme las agujetas... En otras palabras, el chiniux me lo había robado en mis propias narices. Qué poca, pensé. ¿Pues qué estaba yo imbécil o qué? Apenas me hube detenido me di vuelta en U. Ahí estaba Pu Yi, Li Po, Kung Fu, o como gusten y quieran llamarlo, que a mí me da igual, con una rodilla en el suelo, destartalado, echando el buche como un anciano al que has obligado a correr los cien metros. Haciendo gala de mi suprema condición física regresé con la misma velocidad hasta su lado. Me detuve a escasos milímetros de darle un llegue, porque mis defensas de fibra de vidrio podían salir perjudicadas. ¿Dónde está mi mechón de pelo?, le pregunté. Regrésamelo, si no quieres rogarle a Buda que se apiade de tu osamenta. Por toda respuesta, se buscó en la bolsa de su camisa, extrajo el mechón del divino cabello y me lo dio. Me dijo que él era muy bromista, que por eso se había metido el penique a la boca, que siempre andaba haciendo esas cosas, que no podía evitarlo, pero que pensaba regresarme el mechón además de pagarme, «polque tú estal en lío», añadió. Y diciendo y haciendo, sacó un montón de billetes de cinco mil y me los dio. Todos. Serían alrededor de cuarenta o cincuenta mil pesos. No, le dije, es demasiado. En realidad no he hecho nada. Pelo tú hacel. Polque tú acabal de laval tlastes ahola. De acuerdo, repuse, ligeramente apenadín. Pero sigo considerando que es demasiado. Entonces sel pléstamo.

Polque tú estal en lío. Yo cuando estal en lío un señol ayudalme y plestalme. Así yo salil lío.

Siempre me admiró la suspicacia de los orientales. Porque de que se las gastan se las gastan, ¿o no? Pero ahora estaba yo ante lo que podríamos llamar un caso recalcitrante, que bien podría ir a parar a mi enciclopedia *Los Casos Más Extraordinarios de Enfermedad Mental que me ha Tocado Conocer*, y a la cual le tengo puesta una fe extraordinaria. Sé que se va a vender como pan caliente, porque además va a incluir un cuestionario para que sea llenado por el lector y que por correo me hará llegar a mí, con la posibilidad de que sea incluido en tan rutilante acervo. Digo, que cómo sabía el chinito que yo traía algo entre manos, quién sabe. Le di las gracias y lo ayudé a incorporarse. Se levantó como resorte. O más bien eso fue lo que creí, porque en realidad se quedó tirado y se empezó a quejar de un dolor en el tobillo. Tú tlael dotol, me dijo. Qué mala onda, pensé. Así que eché la carrera al restaurante, o casi la eché, porque oí las carcajadas del chinito. Sel bloma, sel bloma, me dijo. Y no paraba de reírse. Tenía dos caminos: el A, reírme; y el B, carcajearme. Opté por el B (jar, jar, me había hecho una broma a mí mismo). Esto de las bromas empezó a gustarme. En el camino al restaurante le conté al chinito mi truco del bastón para no bailar y se deshizo en elogios, dijo que yo era algo así como un genio y que si viviéramos en China ya habría comunas con mi nombre, el cual gritó al cielo como si así se llamaran las estrellas.

Vaya, pensé, alguien que me reconoce. Mi fama no tardará en rebasar las fronteras. Le hablé sobre mi afición a los diccionarios y mis proyectos editoriales. Yo también tenel ployetos editoliales, dijo. Y me explicó que estaba haciendo un libro que lo iba a hacer famoso, que se trataba sobre la cocina china y sus modalidades: para conquistar a una persona, para que la fortuna te favoreciera, para que tuvieras éxito en los negocios, en fin todo asunto relacionado con la vida estaba contemplado en el libraco del chinito. ¿Y cómo se va a llamar?, le pregunté. Me dijo que aún no estaba muy seguro del título pero que probablemente se llamaría *Cien Recetas de Cocina China y sus Aplicaciones en la Vida Cotidiana y en la Vida del Más Allá*. Un título largo, dije, pero fácil de memorizar. Ya estoy oyendo decirlo a las amas de casa, siempre y cuando no fuera mi mamá, cuya memoria es poco menos que la de la mascota que tenía el hombre de Cromagnon.

Con dinero en la bolsa me sentía mejor. Bueno, después de todo había sido un acierto encontrar al chinito. A lo mejor era un ángel de la guarda venido del Oriente. Viéndolo bien ya no estaba tan chaval como yo, me llevaría dos o tres años. O más. Creo. Porque los orientales son comeaños. ¿O quién de ustedes ha visto un chino con el pelo totalmente canoso? ¿Verdad que nadie? Es más, ni güeros. O a ver: que tire la primera piedra el que haya visto a un chino rubio, hipergüero. ¿Quién dijo yo? Bueno...

Llegamos al restaurante y, para mi asombro, ya se encontraba otro chino tras la barra. Cómper, dije, y me dirigí a la cocina. Aún tenía un buen de trastes que lavar, y seguramente ya se habían acumulado más. Pero el chinito me detuvo y me dijo: Tú ya no laval tlastes, sel bloma. Tú sel mi amigo y mejol venil conmigo. Hoy yo visital mujeles zolas. ¿Solas de solitas, o zorras de parientes de los lobos?, pregunté, nada más por salir de la duda porque ya iba camino de acompañarlo. Había oído la palabra mujeres y toda la piel se me puso chinita, como la mamá del chinito. Zolas, mujeles zolas, espelimentadas, repuso el chiniux. Bueno, eso sonaba bien. Haría tiempo para que el metro abriera sus puertas y me pudiera marchar a Guadalajara.

El chinito dejó su mandil, tomó un hiperbuén de dinero de la caja y me hizo la seña de que lo siguiera. En la entrada del restaurante tenía estacionado su coche. No cualquiera deja estacionado ahí su carro, pero de seguro era amigo de patrulleros y motociclistas del rumbo. Así que el chinito conocía mujeres experimentadas; vamos, que ése era para mí tema trillado; bastaba con acordarme de Karen, la de los ojazos verdes como hoja de árbol chiapaneco. Y justo me estaba imaginando sus chichis, cuando el chinito me interrumpió:

—Yo vel que tú comel huesos de costilla y chupal platos. Pol eso caelme bien.

—Tenía mucha hambre...

—No, tú sel humilde. Muy culto y humilde. Sel lalo.

—No, yo no me llamo Eduardo.

—Ya sabel cómo te llamas. Yo decil que tú no sel común. Sel genio.

—Muchas gracias. Agradezco el cumplido. Pero no hay que exagerar. A lo más resuelvo las dudas que Einstein dejó sin responder, no sé si por falta de tiempo o de talento; digamos que de tiempo para no entrar en detalles.

El chinito guardó silencio. Realmente estaba concentrado en el camino. Pero se reía, se reía mucho, para sí. Aproveché para verlo bien: tenía un rostro dulce, amable, no dulcérrimo, pero sí algo. Creo que sabía cosas de la vida y creo que podría confiar en él; no al grado de confesarle lo de Osbelia, pero sí alguna otra cosa. Y le dije lo primero que me vino a la mente:

—¿Tú qué harías si descubrieras que tu papá engaña a tu mamá?

—Peldonal.

No pregunté nada más ni él hizo comentario alguno. O bien estaba muy acostumbrado a que le preguntaran algo semejante, o bien era un individuo discreto. Me incliné por lo segundo.

Vi pasar un Caribe blanco, como el de mi papá. Justo en ese momento. Qué mala onda, de veras que ahorita ya habrían de estar bien preocupados, al máximo. Ni siquiera quise imaginármelos, para qué. Pero no pude evitar que me entrara un sentimiento raro, que bien podría ir creciendo hasta que me estropeara no nada más la noche sino la vida completa. Puta madre, ya nomás esto me faltaba. ¿Qué hacer? Bueno, tenía dos caminos: el camino A y el camino B. El camino A consistía en llamarlos por teléfono, o mejor, todavía: que les hablara el chinito, si al fin y al cabo yo era su ídolo, y el camino B en no hablarles, cuando menos no hasta que sintiera que ya había pasado demasiado tiempo y que en serio ya podría provocarles un infarto o algo así. Desde luego que me decidí por este camino. Mi corazón me diría cuándo hacer esa llamada. Si es que. Por lo pronto era mejor ser como el chinito y concentrarse en las mujeres experimentadas. Además, siempre había un recurso a la mano y me pareció el mejor momento para aplicar el truco IC, que consiste en Ignorar Casetas y en decirte cuando ves una: ah, chingá, qué es eso que está ahí en la esquina, ¿será un robot esperando a su novia?, ¿o un surtidor de oxígeno por si te está asfixiando el esmog? Me incliné por un robot esperando a su novia. Yo siempre le he adjudicado alma a las cosas. Porque sé que la tienen y sé que me lo agradecen que yo lo sepa. Por ejemplo, mi mamá muchas, miles de veces, me ha ordenado que tire la basura. Y lo voy a hacer, pero en el camino se me ocurre destapar el bote. ¿Y saben qué veo? Mi cuchara de niño, lo último que quedaba de mi juego de cubiertos. ¿Ustedes qué harían? ¿Cómo es posible que mi madre tenga un corazón tan desalmado? Por más que alegue que ya no le cabe nada, que quiere deshacerse de los tiliches. Entonces miro la cuchara y le digo, pobrecita, no te preocupes, yo te salvo la vida. Y tiro todo lo demás y la cuchara la guardo en una maleta especial que tengo para mis recuerdos. Naturalmente que la cuchara me lo agradece y sé que en la primera oportunidad lo va a demostrar. No me pregunten cómo, pero de que ese momento viene, viene. ¿O no?

—¿Olvidal mi nomble? —me preguntó el chinito. Y para salir del paso dije el más obvio:

—¿Kung Fu?

—No, kung fu sel alte malcial, peligloso.

—¿Bruce Lee?

—No, Bluce Lee sel honolable guelelo muelto, yo sel lestaulantelo vivo.

—¿Lao Tse?

—No, Lao Tse sel honolable filósofo muy glande. Esclibil el *Tao Te King*.

—Me rindo.

Me dijo su nombre, el cual se me olvidó en el mismo momento en que lo pronunció. Le iba a decir que me lo repitiera, cuando paró su carro. Vi el nombre de la calle: Dolores. Entró a un callejón y lo seguí. Se detuvo frente a una puerta que tenía un farol chino colgado en la entrada, y que daba una luz rojiza. ¿Son tus parientes?, pregunté. Me dijo que qué parientes ni qué nada, que él no tenía mujeres experimentadas por parientes, que estábamos en el barrio chino de la ciudad de México y por eso había cosas chinas por todos lados, pero que me esperara tantito, que ahorita iba a ver lo más bello de toda la China y sus alrededores. Se abrió entonces una cortinita metálica, lo vieron a él, me vieron a mí, y nos dejaron entrar. El chiniux es conocido, me dije. No me gustó la cara del que nos abrió. ¿Se acuerdan de la cara de Mantequilla Nápoles, pero todo madreado? Una foto famosa, que anda por ahí; el otro día la vi en la peluquería. ¡Puta madre! Qué madriza le atoraron. Así tenía la cara el de la entrada. Ni más ni menos. Le dijo a Kung Fu adelante, adelante. Y a mí igual. De un momento a otro esperaba escuchar un bienvenido, señor Costner. Pero no. Quizás el tipo no era muy buen fisonomista. Pero ya estábamos adentro.

¡Trágame tierra! Allí estaban las mujeres experimentadas: cinco chinitas, vestidas a la usanza oriental, todas lindas, muy lindas, ceremoniosas y calladas pero, ojo, con una abertura lateral en el vestido que dejaba a la vista casi hasta la pantaleta. Nos vieron entrar y se sonrieron discretamente. De inmediato dos de ellas se acercaron a Kung Fu. Yo me quedé parado, pero el chiniux me indicó que me sentara. Llamó a una de las muchachas y le dijo señalándome a mí: chi tu su kang pun so, o algo así, y al instante la chinita fue junto a mí y me empezó a besar, suave, muy suavemente, y dulce, muy dulcemente. Yo no salía de mi desconcierto. En efecto, mi rostro había comenzado a causar furor. Algo perfectamente previsible. El chinito estaba feliz. Cada vez que sus dos mujeres lo besaban se volteaba a verme como diciéndome: Éstas sel las mujeles zolas, ¿gustal? Atascalte ahola que habel lodo. Y yo me decía: tranquilo, tranquilo. Disfrútalo, que a lo mejor estás soñando. Pero no, qué sueño ni qué Freud. Era la realidad, la vil y acuciante realidad.

Se me empezó a parar.

Se me empezó a parar como nunca se me había parado cuando la chinita me lamió las orejas y me chupó el aire. Nadie me lo había hecho: absorber el aire que tienes adentro de los oídos. Puta, qué de aire tenemos, si hasta parece tubería. Aspiraba como si tuviera un popote. Ya sabrán: ella aspirando y yo viendo y acariciando su muslo. Qué linda chinita, le dije. Porque al fin y al cabo yo era un individuo cosmopolita, ¿o no?

Por eso yo creo que haría tan buen papel en Nueva York, mi segunda patria. Me sentiría feliz caminando por la Quinta Avenida, con una chusma atrás de mí, yo viendo los aparadores y como mi sombra los caza autógrafos pidiéndome una firmita.

No me lo van a creer, pero la chinita tenía la piel híper amarillérrima. ¿Tendría hepatitis? Y si no, ¿cómo sabían los chinos cuando tenían hepatitis? Quién sabe. Pero con todo y la piel amarilla la chinita me gustaba, y mucho. Porque gracias a Dios nunca he tenido prejuicios. Igual admiro una alemana que una esquimal, una francesa que una peruana, cualquiera. Recordé entonces un importante detalle: yo tenía una máscara de chino, pero no nomás la cara sino con todo y la nuca, el pelo en forma de trencita y demás, hasta con un poquito de cuello. O sea, un chino auténtico. Pero daba miedo, porque uno abría la boca al máximo y parecía un hombre-monstruo. Así que la máscara la utilizaba para espantar a la gente. Yo corría con la máscara puesta, me paraba frente algún salón, empujaba la puerta con el pie y abría los brazos mientras lanzaba una exclamación siniestra. Nunca supieron que había sido yo; de lo contrario me habrían expulsado de voladérrima. También tenía la costumbre de ponérmela en los supers para espantar a los niños que sus mamás dejaban tan tranquilos en sus carritos. Se me quitó la costumbre porque el peor día de mi vida, con la máscara puesta hice mi grito habitual y de pronto un policía me gritó ¡deténgase!, pero apuntándome con su pistola. Casi me desmayé del susto. Ahí sí llamaron a mis papás y se hizo todo el oso del mundo. Que me iban a llevar a la cárcel y que no sé qué, que yo pertenecía a un grupo guerrillero y quién sabe qué más. Mis papás tuvieron que demostrar que yo estaba yendo a la escuela y que era un chavillo nervioso pero nada más. Yo alegué en mi defensa que tenía de guerrillero lo que Olga Breeskin de virgen, pero que estaba dispuesto a ir al cadalso por la causa, que era la causa de la máscara china. No supieron ni qué decir y mi papá me ordenó que mejor mantuviera cerrada la boca. Claro, no podía ser de otra manera. Típica represión emanada de tus progenitores. Apenas no saben qué decir y te ordenan que te quedes calladote, ¿o no?

La chinita seguía haciendo lo suyo. Quién sabe qué le había dicho el chiniux pero se estaba portando de lujérrimo. Síguete así, pensé, y verás de veras lo que es estar con un hombre. Entonces me sorprendió un ruido. Del fondo del pasillo que estaba enfrente de mí vi salir a un hombre. En el camino hacia la sala había aventado dos cosas: una perchera y a una mujer que intentaba detenerlo. Lo vi claramente. Parecía muy fuerte, y muy enojado. Furioso, diría yo. Pero vi algo más: tenía su mirada de odio puesta en mí. ¿Por qué en mí?, reflexioné, si yo ni lo conocía. Y no encontré respuesta. El hombre siguió sus pasos hasta llegar a mi lado. No me moví. Tomó entonces la mano de la china que me acompañaba y la jaló tan fuerte que casi le rompe el brazo. La chinita protestó y el hombre le dio un golpe en plena cara, que la arrojó al suelo. Eso no podía permitirlo. Siempre se me había inculcado que a la mujer no se le toca ni con el pétalo de una rosa, y ni con el pensamiento, decía mi abuelito que había añadido Amado Nervo. Así que me levanté. ¿Qué estaba pasando? Quién sabe. Pero el hombre retrocedió un paso y sacó una pistola. Sólo vi el cañón, que me apuntaba, y vi su mano, que se endurecía como un prodigio de la naturaleza al momento de accionar el gatillo. Repito, vi al hombre salir de alguno de los cuartos del fondo, caminar por el pasillo a grandes zancadas, derribar lo que había en su camino, y mirar con odio al hombre que estaba con la china, que era yo: Ele. Todos hemos visto ese tipo de hombres, con los cuales no es posible sentarse a hablar, reflexionar, llegar a un acuerdo. Quizás la china no se debió haber puesto de pie, quizás debimos haber llamado al señor de la entrada, el de la cara de Mantequilla Nápoles, quizás debimos hacer eso. Vi la mano del hombre que amartillaba la pistola como si no fuera un arma, como si fuera su mano misma, así, con esa seguridad, con ese aplomo. Y vi el cañón cómo me apuntaba a mí, así, derechito, directo al corazón, vi su dedo índice cómo jalaba el gatillo, tan simple como mover tu dedo un par de milímetros, o menos. Vi el rostro de mi mamá, que decía mi nombre, que me llamaba. Y vi una mancha: el cuerpo del chinito, de mi amigo, que se cruzaba entre la pistola y mi persona. El estruendo me dejó sordo varios segundos. Vi todo a media luz. Cómo el hombre corría hasta la puerta, amenazaba al de la entrada y escapaba. Vi cómo la china que estaba conmigo, y el resto de las mujeres, así como los meseros y el hombre de la entrada, salían corriendo. Empezó a salir gente de todos lados: algunos se iban poniendo los pantalones en el camino, o las mujeres sus vestidos. El chinito estaba en mis brazos. Tomé su mano. Sentía cómo se le iba la vida. Él me apretaba, como si quisiera triturarme, como si de ese apretón dependiera su sobrevivencia. No podía hablar. Un hilito de sangre le empezó a escurrir de la boca. Con gran esfuerzo sacó el dinero de su bolsa y lo puso en mi mano, mientras trataba de sonreír. Cómo quise llamarlo por su nombre en ese momento. Peiné su pelo y le limpié el sudor, que había comenzado a perlar su frente. Me dio un pellizco en el cachete, un pellizco sin fuerzas porque ya era el pellizco de un muerto. Casi en cosa de segundos su mano se empezó a entiesar, como se entiesan las tortillas de un momento a otro cuando se enfrían. ¡Kung Fu!, le grité, pero sus ojos permanecían fijos en mí. Los cerré y deposité su cabeza en el suelo, tan delicadamente como si la suya fuera una cabeza de cristal. Me incorporé, lo vi por última vez, y salí como un animal asustado. La gente se había hecho humo. No había nadie más alrededor. La calle era tan oscura como un alarido. Negra. Corrí hasta la esquina y doblé sobre la avenida Juárez. Sentía un trapo en lugar de lengua. No había más trucos que aplicar, no ahí y en ese momento. Quizás nunca más.

Entonces lo vi.

9

Era Mi Otro Yo. ¿Se acuerdan de él? Lo vi reflejado en el cristal de una vitrina. Cuando menos me lo esperaba. Allí estaba, con la expresión más triste que jamás me habría imaginado que pudiera tener. Estaba llorando, de sus ojos escurrían lágrimas tristes y silenciosas. Quise reírme con él, hacer algún chascarrillo, pero el rostro que me devolvía el cristal era el de un hombre que había sufrido la más grande pérdida de su existencia. Le hablé:

—Kevin Costner, ríete, ríete un poquito. No estés así, quita esa cara, que me vas a hacer llorar.

Cada vez era más patética su imagen. Deseé no haberlo visto nunca. No haberlo conocido. Yo quería sonreír para que él cambiara su expresión, pero lo único que veía era su rostro tristérrimo, híper non plus ultra, que poco a poco se iba deformando hasta caer en la clásica caricatura del hombre que llora como un bebé.

—Se murió —me dijo—. Nuestro único amigo se murió.

—No, tú me tienes a mí y yo te tengo a ti. Tú y yo somos amigos.

Pero él era implacable:

—Se murió Kung Fu. Los gusanos se lo van a comer. Los gusanos que nos van a comer a ti y a mí ya se lo están comiendo a él.

No supe qué decirle. Cualquier cosa, cualquier cosa, pero que no se fuera a diluir. Porque noté que sus facciones tendían a borrarse. Sin embargo, la espléndida luz mercurial de la avenida Juárez lo alumbraba, como cuando aluzas con la linterna algún objeto perdido.

—¿No está muerto, verdad? —le pregunté, con la esperanza de que me diera un ápice de, valga la repetición, esperanza, y que yo pudiera hacer algo, no sé, cualquier cosa. Pedí a Dios que iluminara mi cabeza y que me permitiera aplicar algún truco —¡nada importaba si apenas hacía unos cuantos segundos había jurado olvidarme de ellos!—. Quizás el truco ES, que tenía reservado para grandes ocasiones, y que es el más sobado de todos: Estás Soñando; pero el frío de la noche me hizo ver que estaba yo más vivo que las estrellas.

—Nadie está soñando. Ni tú ni nadie. Nadie —me dijo. Y añadió:

—¿Sabes qué? Voy a acompañarlo.

—¡No! —le grité—. ¡No te vayas tú también!

—Voy a acompañarlo. Déjame que una sola vez en mi vida haga las cosas como las haría un hombre. Una sola vez. Tú eres el único que podría impedírmelo. Déjame que esta vez me guíe por el corazón. Por favor.

Entonces el cristal me devolvió mi imagen, la de León Rosas Bernal. Mi Otro Yo se había ido. Para siempre.

Las lágrimas me caían hasta el suelo.

10

¿Alguno de ustedes ha amanecido sentado en la banqueta de la avenida Juárez, más o menos hacia la altura del Hemiciclo? Mis papás nos llevaban ahí, no hace mucho todavía; sobre todo en Navidad, cuando andan de aquí para allá santa closes, y te fotografías con ellos. Había uno que a mí me gustaba en especial, creo que era el más grande de todos, y también el que se reía más duro. Podías pedirle lo que te viniera en gana, aunque no te lo trajera. Yo siempre le pedía lo mismo: una autopista. ¿Por qué nunca me la dieron mis padres? ¿Saben de veras los papás lo que significa regalarle a un niño lo que tanto desea? ¿Lo sabrán? Yo creo que no, creo que se les olvida muy pronto su época de niños. Pero ese Santa Clos me hacía creer que sí, yo le reclamaba del año pasado, y del antepasado y de todos los demás, me argüía que se le había olvidado, o que había tenido que darle la autopista a otro niño que la había pedido desde antes, o cualquier cosa de ésas; pero me caía bien. Quién sabe por qué;

muy bien. Inclusive tengo una foto donde estamos juntos. Yo estoy disfrazado de vaquero, ya saben, uno de los disfraces que más me gustaba. Y el que ahorita quisiera tener puesto.

Digo, que si alguno de ustedes ha amanecido así, en plena Alameda, con un fajononón de billetes de a veinte y cincuenta en la bolsa, amarrados con una liga, mientras el sol proyecta sus primeros rayos. Volteé a ver la hora en el reloj electrónico de la Torre Latinoamericana: las seis y diez. Me tenté las orejas, la nariz, las manos, no estaba yo frío, estaba híper-heladérrimo, como cuando agarras el hielo y llega un momento en que lo tienes que soltar porque te quema las manos de tan frío. Sentía todo el cuerpo entumido. ¿Cuánto tiempo había permanecido en esa posición? ¿Dos horas? ¿Tres? Los huesos me temblaban. Revisé mi carrocería; no, no había sufrido ningún daño irreparable. Todo estaba en orden, salvo que había dejado el switch abierto, con lo cual era muy posible que se me hubiera bajado la batería; le di ignición y arrancó de inmediato. No había la menor duda: un Corvette no me podía dejar tirado así como así. Así que estiré mis piernas cuan largas son. Vi hasta allá, casi hasta la acera de enfrente la punta de mis tenis. Moví los pies en círculo, de izquierda a derecha; más valía tener preparado todo el equipo. Me seguí con la cabeza. También la moví en círculo, pero al revés: de derecha a izquierda. Me levanté y me estiré hacia arriba con una levérrima inclinación hacia atrás; hasta mis castos oídos llegó el crujido de mis huesos, si hasta parecía que estaban hechos bolas. Crak-cronch-smisss, sonó tan duro que cualquiera diría que tenía un amplificador adentro. Entonces, raro en mí, cometí un acto involuntario: me estiré hacia adelante, quiero decir, los brazos los aventé para adelante, y órale, que se para un taxista. Tenía dos caminos: el A y el B. El A consistía en tomar el taxi y darle una orden al chofer, aunque no sabía exactamente cuál; el B, en hacerle la seña de que no, gracias, yo no quería ningún taxi; como lo era en realidad. Me incliné por el camino A. Simplemente me pasé las manos por el pelo, a modo de darme una manita de gato —ya en el taxi me peinaría las cejas con salivita— y me subí al coche.

Era un vocho, de ésos que usan magna sin y dizque no contaminan. ¿A que si pones la boca en el escape no te va a contaminar, o no? Bueno, pues dejé que el taxista siguiera creyendo en su utopía, total no era asunto mío, aunque si me preguntaba ya sabría qué contestarle. En eso estaba pensando y no en mi destino, es decir hacia dónde íbamos, de tal modo que cuando me preguntó adónde yo le dije espéreme tantito porque tengo unos asuntícos pendientes en mi mente que debo resolver antes de decirle hacia dónde vamos. Me dijo que estaba bien, pero que el taxímetro ya estaba corriendo. Empecé por preguntarle: ¿usted de veras cree que su automóvil no contamina? Se me volteó a ver como diciéndome y eso a usted qué le importa. Pero sus palabras fueron correctas: No, me dijo, yo creo que es imposible dejar de contaminar, pero se reduce. Su respuesta no me pareció muy satisfactoria, pero bueno, dije lo primero que se me vino a la mente: lléveme al aeropuerto. Un poco incrédulo preguntó: ¿Al aeropuerto? Bueno, le dije, para ahuyentar sus temores: si prefiere al puerto aéreo, como guste o mande. Ya no dijo nada, creo que nunca se había topado con un tipo que dominara el español como yo, lo cual seguramente no dejaba de asombrarlo. Pero tuvo la desfachatez de aclarar: es el diez por ciento de tarifa extra, porque tenemos prohibido entrar al aeropuerto. ¿El diez por ciento?, lo atajé. Puta, creí que me iba a decir el cincuenta. Vámonos. Y añadí, con la voz más clara que pude: Mi amigo Kung Fu paga. Por su cara vi que no entendió nada de lo que le estaba diciendo. No podía ser de otra forma, pero de cualquier modo me daba igual.

Pregunto: ¿alguno de ustedes ha tomado un taxi rumbo al aeropuerto a las seis y diez de la mañana de un día cualquiera en la ciudad de México? No lo hagan; es de locos. Todo mundo se insulta y se abalanza por pasar antes que el otro. Todo mundo trae cara de enojado y pareciera que se odian todos entre sí. Las buenas gentes te las encuentras una entre diez mil. El taxista libraba un coche y libraba otro. Quién sabe qué ruta había agarrado pero en un tris ya estábamos en el aeropuerto. Me preguntó, muy conocedor, como guía de turistas: ¿Salida nacional o internacional? Nacional, le dije, voy a Guadalajara. Dicen que

Guadalajara es más bonito que París, dijo, como para hacerse el chistoso y que no sintiera yo el remalazo de la cuenta.

Allí estaba el aeropuerto, con la gente que iba y venía cargada de maletas. Quién sabe por qué pero en el aeropuerto me había tocado ver las chavas más guapérrimas del mundo. Como si ése fuera el lugar de reunión para que se lucieran. Allí sí había de todas: rubias, pelirrojas, negras, morenas de fair, de ésas que nacieron para hacer el amor como las diosas. Y de las cuales, por todos los cielos, me estaba reservada una. Ojalá que para cuanto antes. Vi la lista digital de llegadas y salidas nacionales. Tijuana, Monterrey, Puerto Vallarta, Guadalajara, Acapulco, Manzanillo, Ixtapa, Cancún, Mérida... Mérida, ¿qué estaría haciendo ahorita mi tía Conchita? Como era tan temprano, estaría retozando en su cama, desnudita, con sus chichitas al aire, con sus muslitos al aire, con sus pelitos igual, gimiendo y sacando su lengüita, como diciendo ven, Leoncito, quiero un leoncito para mí, un leoncito que sepa domar una hembra que se está asfixiando. Y con eso del calorcito yucateco su piel se le habría puesto cada vez más brillosita, como de foca. Y yo ahí, viendo todo eso, con mi cosita que ya no aguanta estar así, y que me dice: ¿para qué me trajiste a este mundo, es que néver de los nevers me vas a estrenar? Y yo calmándola, con puros paliativos: que muy pronto, que ya verás, que la compensación va a ser maravillosa, etcétera, etcétera, que algún día estarás en un pedestal.

Me dirigí al primer expendio de boletos que se me atravesó. Y no te pases: una chava híper non plus ultra de guapérrima, pero así de ésas que dices yo viajo por esta línea porque viajo; sonriente, con unos ojos de diosa, atendía a los clientes y apuntaba tus datos en una computadora. Me preguntó: ¿Adónde desea viajar, señor? Ah, chingá, me dije: ¿señor? Seguro esta ruca sabe que tengo la billetiza en la bolsa. Pero aún arriesgándome a un asalto le dije: a Guadalajara. ¿Viaje sencillo o redondo?, dijeron sus fecundérrimos labios, ¿o no? A lo que yo repuse: me es igual, si el asiento es sencillo o redondo no tiene importancia para mí. Lo dije con énfasis y cachondería, para que viera que yo era hombre de mundo, como todo aquél que traía dinero en la bolsa. Por cierto, debía aprovecharme el primer descanso para contar la lana. El chinito había puesto el fajo en mis manos, pero hasta el momento sólo me había guiado por un cálculo a vuelo de pájaro, pero ignoraba cuánto traería con exactitud. No, no, dijo la hiperguapérrima chava, con una sonrisa apenas perceptible en los labios: no me refiero a eso: viaje sencillo es nada más de ida, y redondo es de ida y vuelta. Ah, pues sí, dije, me confundí. Redondo, viaje redondo. Es decir que damos vuelta en U, ¿verdad? Sí, señor, asintió. Pagué. Y decidí esperar un leve. Faltaban noventa minutos para que el avión partiera, y en consecuencia yo tenía tiempo de sobra para echarme una cieguita —digo, una pestañita, no vayan a pensar que estoy pensando en la cieguita de hace rato, nel. Pero antes, y por mera curiosidad, tenía que ver cuánto dinero traía; creo que un buen, porque cuando pagué me deshice de un cacho de billetes y me quedó otro tanto igual. O más. Así que me dirigí a un rinconcito y saqué la lana. Había, pues, un montón de papeles, todos de a cincuenta y de a veinte. Los empecé a contar. Chin, chin, chin. O lo que es lo mismo: tras, tras, tras. Bajita la mano andaba en el millón, un leve más: un millón doscientos mil y pico, digo, por lo del boleto. ¿Qué iba a hacer yo con tanto dinero? Tenía dos caminos: el A y el B. El A consistía en gastarme la lana y hacer de cuenta que nunca había tenido nada; el B, en meterlo a mi cuenta de ahorros y de aquí en adelante guardar cada quinto que sobrara. Me decidí por un camino intermedio: el C, que, obviamente, consistía en gastar lo que fuera necesario y guardar el resto, es decir lo que me sobrara.

Miré otra vez el monitor, el grandérrimo que cuelga a la vista de todos. Ahí decía que mi avión estaba a punto de salir, y que debería yo presentarme en la sala B. B de Borges, dije, uno de mis ídolos, y busqué mi nombre en el tablero, quién quita y alguien me querría inmortalizar. Pero no. En ninguna parte decía León Rosas Bernal, razón por la cual me encaminé hacia la sala B. Sin más.

Había gente sentada y gente de pie. Apliqué el truco FC, que significa Fíngete Camaleón, y que para los más avezados significaría que adquirieras las propiedades del camaleón. En otras palabras: pasa desapercibido. Bueno, pues yo seguí a todos hasta el avión. No había vuelto a subirme a un avión desde mi viaje a Mérida. Me concentré en la vista. En cosa de segundos todo se había vuelto híper-chiquitérrimo. ¡Cómo cambian las cosas, se dijo mi cerebrín! Y era cierto. Imagínate un coche. Pues es grande, lo veas por donde lo veas, es grande, cuando no grandérrimo. Y si no nada más póntele enfrente, ¿o no? Bueno, pues ese coche desde el avión es del tamaño de un chochito. Sabes que es un coche porque lo ves que va en la carretera. Ves, entonces, ese chochito y dices puta madre, cómo pueden cambiar tanto las cosas. Pero así cambian. Si estás arriba cambian, si estás abajo cambian, las mismas cosas. Cerré los ojos mientras pensaba en esta extraña circunstancia. Vi los ojos de Osbelia, que me veía como preguntándose quién era yo; en otras palabras, como que me reconocía. Pero no muy claramente, nunca muy claramente. Porque había la posibilidad remota de que me reconociera, o mejor dicho: de que mi rostro no se le hiciera tan desconocido. Porque, bueno, ya lo dije, muchas veces me he dejado ver sin que me vea, como dicen que son los anuncios subliminales. Que están ahí y no los ves.

Me despertaron unos golpecitos en el hombro. Era la azafata, y no azafata sino azafato. Abrí los ojos y me sorprendí: no había nadie en el avión, ¿se habían arrojado todos en paracaídas?, ¿nos habían secuestrado de un avión a otro y yo era el siguiente? Fijé mi atención en el espacio (¿en qué más, si iba en un avión?). Ni siquiera estábamos volando. En otras palabras: habíamos aterrizado, y por lo que pude ver era el aeropuerto de Guadalajara, y la mera verdad hacía quién sabe cuánto tiempo. Lo cual tampoco me importaba mucho. Me dijeron que bajara, que no había nadie más a bordo y que les urgía mover el avión.

Caminé hasta la salida. Ya estaba en el mismo territorio que Osbelia. Me subí en el primer carro vacío, un Dodge.

—¿A dónde, joven? —me dijo el chofer. Mejor dicho me dijeron varios, porque se peleaban por agarrar pasaje. Casi lo jalaban a uno del brazo. Me subí con el que me cayó mejor: un señor cincuentón, de mirada generosa a morir.

—A Tlaquepaque —le dije.

Salió del aeropuerto como una exhalación. Entroncó con la carretera que iba a Chapala y dio vuelta a su izquierda. Pero en verdad que tuvo que hacer una proeza para cruzar. Parecía el tráfico de una avenida congestionada de la ciudad de México. Inevitable, en el camino se puso a hablar:

—Le va a gustar Tlaquepaque —me dijo—. Para mí sigue siendo el barrio más bonito de Guadalajara. Por ahí tiene usted su pobre casa. Y también el sitio donde trabajo. Le voy a dar mi tarjeta por si necesita usted algún servicio. Llame y yo voy a donde sea por usted. A la hora que sea.

Me cayó bien. Andaría por los noventa kilos fácil, su pelo lo tenía cortado a la broch y por el cuello le escurrían gruesas gotas de sudor.

—Mi hijo más grande tiene su edad, ¿usted anda por los trece o quince, no?

—Sí, trece. ¿Qué estudia? —pregunté, porque si en general a los papás siempre les gusta hablar de sus hijos se veía a leguas que a éste le fascinaba. Y en efecto:

—Estudia y no estudia. Porque está muy enfermo del estómago y entonces tiene que pasarse grandes temporadas en la casa de usted sin ir a la escuela.

—¿Le da diarrea o algo así? —lo interrogué, después de todo yo me sabía algunos remedios eficacérrimos, como tomarse dos cucharadas de maizena con el jugo de un limón en medio vaso de agua. Y no sabe feo.

—No, qué va, ojalá fuera eso —respondió—. Nació con los intestinos y los riñones pegados al hueso. Cuando estaba más chico los doctores le extrajeron un pedazo de intestino grueso, y desde entonces no ha quedado bien. Lleva veintidós operaciones, imagínese nomás. Ha tenido hasta la cosa esa de la colostomía. La tuvo cuatro años.

—¿Qué es eso? —dije, y mis antenitas se pararon. Cuando me encontraba con una palabra nueva mi cerebro se activaba automáticamente.

—¿No ha visto cuando las personas traen su bolsita aparte para hacer del baño? Obran por ahí.

No di crédito a lo que estaba oyendo. ¿No hacían popó, caca, del dos, o como gusten y manden, por detroit, por el chiquistriquis, por atrás, es decir, por el ano, vulgarmente llamado draculín?

—Pues no me ha tocado ver a nadie, pero me imagino que ha de ser incomodérrimo.

—Lo es, joven —dijo, mientras veía la dirección que yo le había dado anotada en un papelito—. Ya llegamos —añadió.

Era una calle angosta, con casas en hilerita, casi casi construidas en serie, de uno y otro lado. Le dije que me dejara en la esquina. ¿Y cómo se llama su hijo?, le pregunté, porque no me gustaba dejar cabos sueltos.

—Salvador Acosta, como yo. Vea usted mi tarjeta —dijo, y detuvo su coche.

—Pero aquí dice que usted se llama Néstor —dije, más que incrédulo.

—Pues sí, pero Salvador es mi primer nombre. Qué quiere, a mí así me nombran: Néstor.

Ahí se acabó la plática. Estaba yo en la calle de Altamirano y el número que me había dado la cocinera de Osbelia era el 517. Caminé hasta el 512. Desde ahí veía perfectamente la casa. No habían dado ni las diez de la mañana. Pensé en las probabilidades de que Osbelia estuviera en su casa y tuve que confesarme que no había la menor base para conjeturar un carajo. Pero conjeturé. Me dije que tanto podía estar como no estar. Bueno, reflexioné, ella está disfrutando de sus vacaciones con sus primos. Entonces, si está de vacaciones se levanta tarde y en consecuencia ahorita ha de estar dormida; salvo, ojo, que haya planeado un paseo o algo así; pero es poco probable porque no es sábado ni domingo. Aunque esto tampoco significaba que la posibilidad quedara totalmente descartada, pues como sus primos también estaban de vacaciones muy bien pudieron haberse puesto de acuerdo para levantarse temprano y correr a Chapala o a algún lugar así. Pero ¿por qué tenía que ocurrir eso precisamente hoy? ¿Por qué no ayer o mañana? ¿Por qué hoy que yo estaba ahí? Apliqué el truco PET, que significa Piensa En Ti, y eliminé esa escalofriante posibilidad, y me dije entonces que lo más probable era que Osbelia estuviera en esa casa, a sólo unos cuantos metros de donde yo estaba. La siguiente pregunta era más difícil de responder: ¿cuánto tiempo podría permanecer esperándola: unas horas, un día, una semana, dos? Por un instante decidí consultarlo con Mi Otro Yo, pero un nubarrón se cruzó por mi cerebro. En cambio vino a mi cabeza la voz de Kung Fu: Tú sel listo, pensal bloma.

Okey.

Me senté en la banqueta, pero cómo jode el solecito de Guadalajara. Después de diez minutos ya no aguantas el calor. Busqué inútilmente una sombrita. Eché a andar mi imaginación. El rostro de Kung Fu estaba bloqueándome. Así que abrí la primera página de su libro de recetas y vi ahí su foto, abajo del título. Se veía de lujérrimo, como un señor magnífico, justo como lo que era. Con la rapidez de un átomo en chinga regresé a mi cerebro. Ahí estaba, en blanco, listo para ser ocupado por la idea que yo le ordenara. Por ahí tenía que andar suelta la que me sacara del aprieto.

Y la encontré. Me decidí por el truco más cercano, que es la combinación de dos, y que sólo uso para casos verdaderamente de extrema urgencia: el DV, Darse Valor, y el OAS, que significa Oblígala A Salir. Así que pensé: ¿de qué modo podía obligar a Osbelia a salir de su casa, sin que corriera el riesgo de darme una quemada memorable? Bueno, pues solamente había uno: llamar a los bomberos, la policía y la cruz roja. Por supuesto que podía pasar al revés: que en vez de salir se enclaustrara más, pero era poco probable, dado el afán de las mujeres por el chisme. Para mi suerte, en la esquina había un teléfono público, y enfrente de mí una tienda en la que podía pedir prestado un directorio telefónico y apuntar los teléfonos de emergencia. La tienda se llamaba «Rubí» y era casi casi como un súper chiquito, de ésos que se las dan de muy muy con carritos para hacer el mandado y todo eso. Así que entré y apliqué el subtruco FCA, que significa Fingir Cara de Asustado. Me planté ante la señorita de la caja y le dije:

—¡Señorita, por favor! ¡Consígame un directorio, es una emergencia!

La señorita se quedó estupefacta. Se limitó a abrir la boca, como si el oxígeno que se tragara le fuera a aclarar el cerebro.

Alguien preguntó a mis espaldas:

—¡Qué pasa?

No estaba de más impactar a más gente, así que me volví para responder y me quedé petrificado.

Era Osbelia.

Osbelia, Osbelia, que venía con algunas cosas en la mano. Traía una playera blanca, pantalones de mezclilla y tenis. Me vio y me preguntó, verdaderamente espantada:

—¡Qué está pasando?

Me arrepentí. Jamás en mi puta existencia habría deseado causarle el más leve sobresalto.

No sé cuántos segundos habían pasado, pero la señorita de la caja había corrido hasta una oficina y traía el directorio en las manos. Me lo extendió y dijo, señalando un privado:

—Si gusta puede hablar ahí.

—No, gracias —respondí—, fue una falsa alarma.

Osbelia puso sus cosas en el mostrador. La señorita de la caja se me quedó viendo como diciendo lárgate de aquí tarado. Pero no me moví.

—¿Eres de la ciudad de México? —me preguntó la divina.

—No —dije—, ni la conozco. ¿Por qué?

Me estaba volviendo la voz aunque salía toda chueca y a tirabuzones, con la mitad de las palabras dichas como tartamudo. Pero ni modo. Ya lo estaba diciendo.

—Porque no tienes acento tapatío —dijo, y se rio. La señorita había terminado de marcar las cosas en la caja. La cuenta ascendía a trece o catorce mil pesos y yo insistí en pagarla. Saqué la lana y puse un billete de veinte mil. Osbelia se me quedó viendo como si yo estuviera loco y le dijo a la señorita que se cobrara de su dinero. La señorita lo hizo así y yo recogí mi billete, avergonzadérrimo. Pero híper. La había regado, para variar. Y además yo ni era así. No sé qué me pasó.

Osbelia cargó la bolsa y se encaminó a su casa. Pero se rio conmigo. O sea. No sé qué, pero o sea. Así que yo me fui caminando a su lado, naturalmente sin saber qué decirle. Busqué en mi lista de trucos pero no encontré ninguno. Le pedí ayuda a Kung Fu y vi sus labios diciéndome aplical bloma. Todo inútil. Acaso balbuceaba yo como un bebé. Veía su perfil: Dios lo había hecho con sus propias manos, pacientemente, poro a poro. Ni hablar: su nariz respingada le daba un vuelo de libertad, como una mujer que sabe, aun a temprana edad, quién es. Calculé las veces que respiraba por minuto: entre veinticinco y treinta, tiempo suficiente para que a un buen poeta se le ocurriera el título de una poesía, o para que ella me dijera sí, si acaso me le declaraba, asunto lejanérrimo de mis intenciones. Así que mejor calculé los pasos que faltaban para llegar a su casa. Diez a lo máximo. Por lo que empezó la cuenta regresiva:

> Diez: Sus párpados se cerraron. Apenitas.
> Nueve: Hizo un gesto de desconcierto. Como si no supiera por qué estaba yo a su lado.
> Ocho: Se rio.
> Siete: Volvió su cabeza hacia mí.
> Seis: Se rio conmigo; como si recordara el truco FCA y lo aprobara.
> Cinco: Los músculos de su boca se contrajeron. ¿Querría saber algo de mí?

Cuatro: Paró la boca; esa boca que bebía agua fresca y transparente y que algún día podría decir te quiero.

Tres: Dijo: Gracias; dos sílabas, sólo dos sílabas que me acababan de hacer el hombre más dichoso del planeta. Porque estaban dichas para mí.

Dos: Aquí vivo...

Uno: Hasta luego.

Se rio una vez más y se metió a su casa. Dios mío, si ya fuiste tan generoso conmigo selo un poquito más. Dame valor, supliqué. Lo mínimo, no quiero consumar ninguna hazaña. Lo mínimo. Y le pregunté, a punto de que la puerta se cerrara irremisiblemente:

—¿Cómo te llamas?

Ya lo sabía, pero lo quería oír de sus propios labios. No sé si me explique. Dijo:

—Osbelia —y yo sentí que todo a mi alrededor era de oro macizo.

—¿Y tú? —me preguntó.

—No tiene importancia —respondí, con los ojos enceguecidos por el resplandor.

—Bueno, bay —dijo, se rio por última vez, me miró y cerró la puerta.

11

Caminé veinte, veinticinco pasos, y golpeé el primer poste que se cruzó en mi camino. Le di con la cabeza, los pies y los puños, hasta sacarme sangre de los nudillos. La gente que pasaba se me quedaba viendo. Parecía que no me estaban viendo a mí sino a una tele encendida. Pero yo no dejaba de golpear el poste que, entre paréntesis, no se movía un milímetro. Quizás debí preguntarme cuántas generaciones de seres humanos no resiste un poste; quiero decir, cuánto te sobrevive un poste, a ti, a tu hijo, y a tu nieto y etcétera etcétera. Pero bueno, no estaba yo furioso, para nada. Estaba feliz. Como digo: felicérrimo, inmensamente feliz. Y no era para menos, ¿o no? «Osbelia...», así dijo. Una y un millón de veces podría yo repetir el diálogo que sostuvimos, sus movimientos, sus gestos, sus pasos; perdón, que ese diálogo ya estaba escrito y se repetía todas las mañanas entre todas las parejas del mundo; no digo indistintamente parejas sino parejas entre las parejas: un hombre y una mujer que nacieron en puntos distantes, que bien podrían llamarse equis y ye, y que por fin pasa una recta por ambos y los une inevitablemente. A ese tipo de parejas me refiero. Pues de ese diálogo cada movimiento de sus labios, de sus ojos, de los vellos dorados que rematan sus párpados, se había quedado impreso en mi memoria, como la marca de Caín en su frente.

Hice un repaso de lo que me había sucedido: me había dicho su nombre, se había reído conmigo, se había preocupado por mi alarma, habíamos caminado juntos, hombro con hombro. Y se había interesado por mi nombre. Caminé a su lado y juro por mi madre que nunca sentí el suelo. Mis piernas se movieron y desplazaron mi osamenta como las he acostumbrado: con entereza, dispuestas a reaccionar en forma voluntaria o no, según las circunstancias. Lo mismo con mis brazos, que no dejaron de moverse rítmicamente hacia un lado y hacia el otro, siempre en sentido contrario uno de otro, como si cada uno respondiera a órdenes diferentes. (¿Acaso respondería uno al hemisferio derecho y otro al izquierdo, y por eso cada uno quería irse por su lado?, quién sabe.)

Digo, que cuando terminé de golpear el poste me sentí ligeramente cansadín, como si hubiera ganado el maratón de la ciudad de México, que ya es decir un buen pues corren como doscientos mil cabrones. Por Dios. Digo, que entonces me dije: y ahora, ¿qué ondiux? Tenía dos caminos: el A y el B. El A consistía en regresarme inmediatamente a mi casa y aguantarme una buena regañiza, que fácil podía acabar en fregadazos, sumados a los que me acababa de dar; y digo que podía haber golpes porque a estas alturas ya mis papás estarían gruesos, y entre los juramentos que habrían hecho dos me los sabía de memoria: darle gracias a Dios cuando yo apareciera y darme una buena tunda; ése era el camino A. Y el B, en darme una paseadita por Guadalajara. Me decidí por el B; total, todavía no llevaba ni veinticuatro horas fuera de la casa. Tomé el primer camión. Le pregunté al chofer si iba al centro y me dijo que sí, que todos los camiones iban al centro. Perdón por la tautología, dije, más apenado que una almeja viva de Zihuatanejo cuando le echas limón y se retuerce; ojo con el pleonasmo pues no se podría retorcer si no estuviera viva, ¿o no? Bueno, pues me senté, no en el primer lugar que vi —jamás hago eso—, sino en el que estratégicamente me iría mejor: es decir, en donde no me fuera a dar demasiado sol ni demasiado viento, demasiado ruido ni demasiadas molestias. Jar, jar, pinches tapatíos, ya les enseñaría yo lo que es seleccionar un asiento en un camión; y todavía no me sentaba cuando me dije: no cualquiera, no cualquiera.

Pero yo creo que la emoción de ver a Osbelia había sido demasiado fuerte porque, para variar, me quedé hiperdormidérrimo. Soñé con Claudia. Estaba yo ahí, en el patio de mi casa, junto al tanque de gas, cuando la veía cambiarse. Tal como sucedió. Volteaba y la veía tras la ventana, quitándose la falda y la blusa. Y de repente ella volteaba a la ventana y me veía y, hombre, qué buena onda, se sonreía, pero entonces veía que su sonrisa no era de complicidad sino de horror, era una sonrisa siniestra, híper, gruesa. Por Dios. Así que volteaba y se sonreía y dos colmillos se asomaban en su boca. Mi hermana estaba a punto de conciliar el sueño, y ella, Claudia, se le iba acercando poco a poco, muy poco a poco. Enfrente estaba el espejo de la cómoda y ni madres que se reflejaba nada. Puta, mi hermana Carmelita estaba a punto de chupar faros, algo, entre paréntesis, que siempre había yo querido, pero no así, no mordida por un pinche vampiro, hombre o mujer, es igual. Así que le pegaba durérrimo a la ventana, pero mi hermana ni en cuenta, absoluta y totalmente ni en cuenta. Entonces me decía yo, a mí mismo, que el único remedio era correr hasta la recámara y salvarla. Entre más rápido salgas del patio mejor, me dije. Y justo en el momento en que me daba la vuelta, Claudia, la mujer vampiro, estaba atrás de mí, a punto de hundirme sus colmillos. En otras palabras, estaba en dos lugares al mismo tiempo: en la recámara de Carmelita y atrás de mí, o para decirlo en lenguaje vulgar y coloquial, poseía el don de la ubicuidad, ¿o no? Puta madre, di el grito más aterrador de mi exigua y aún imberbe vida. Obviamente me desperté y qué oso: toda la gente del camión me estaba viendo, algunos preocupados y otros muertos de la risa. Sentí que los colores primarios, secundarios y los de kínder me subían y bajaban. ¿Falta mucho para el centro?, le pregunté al señor que iba junto a mí. Una cuadra, me respondió, mientras se reponía del susto que le había dado. Y me bajé.

Reconocí de inmediato las torres de la catedral de Guadalajara, algo así como dos prismas hiperaltérrimos. Llegué hasta la Plaza de Armas, y como tenía un buen de hambre me compré un jot dog, y otro más y otro y otro, hasta sumar la ridícula cantidad de cinco, con todo y sus sendas pepsis. Cuando me había terminado cuatro, me fui a comerme el quinto a una banca, de ésas verdes, de fierro. Tenía una plaquita que decía donada por la familia Rojano Sahade, qué sangrones, pensé. Eran cerca de las dos de la tarde en el reloj de la catedral. ¿Qué estaba yo haciendo hacía exactamente veinticuatro horas? Le di vuelta en U a mi cerebro y me vi comiendo a un lado de mi mamá, con mi hermana enfrente. Ni media hora tenía que yo acababa de leer un libro: *Mi vida de negro*, y de veras sentí que ese libro, más *El guardián entre el centeno* y *Codín*, eran los libros más bellos escritos en la Tierra. Pero me guardé mis comentarios porque mi mamá se la pasó con la cabeza hundida entre las manos; no sé si lo hacía por fastidiarnos la comida a mi hermana y a mí o porque estaba practicando el budismo. Me dio gusto que no estuviera allí mi papá, no allí y en ese momento. ¿Qué caso tenía que viera así a mi mamá? Siempre me había gustado el pelo de mi mamá: largo y negro, muy negro, y toda la vida me había gustado acariciar esa mata; pero ahora no me habría atrevido, no con esa araña amarilla que parecía su mano ahí, entre su pelo negro.

Pensé en mi papá, y en cómo siempre quería que nos divirtiéramos; aunque a veces se le cebara. Por ejemplo, cuando nos llevó a Cuernavaca a ver el Grito. Lo preparó muy bien, hizo reservaciones en un hotel que se llama *Bajo el Volcán*, nos compró banderitas, silbatos y gorros. Salió a las nueve de la noche y dijo que no se tardaba nada. Lo estuvimos esperando hasta las once y media. Vimos el Grito por la tele y los fuegos artificiales. Pero nos acostamos sin que regresara. Al día siguiente mi mamá no le dirigía la palabra. Yo dije chin, qué mala onda. Mejor ni hubiéramos venido.

Me eché una dormidita más pero ahora no soñé nada. Ya eran casi las tres de la tarde, qué rápido se pasaba el tiempo aquí en Guadalajara. Por eso a los tapatíos no les alcanzaba el tiempo para nada. Bueno, qué le íbamos a hacer. Me puse de pie y me crucé a los portales, abajo de cuyos arcos la gente viene y va como si la anduvieran persiguiendo. Y sobre todo las chavas. Las había por docenas. Y todas de lujérrimo, de ésas que fácil ganan los concursos de las mises. Me dediqué a seguirlas. Quiero decir, no a todas, sino a una por una, hasta que se metían en una tienda o tomaban el camión. Digo, que todas eran lindas, lindísimas. Los ojos negrérrimos, la nariz paradita, la boca jugosa. Y vestían muy bien, con gusto, arregladas a morir. Así que en menos que canta un gallo, órale, que se me paraguas. Mi cosita bonita empezó a reaccionar. Ni hablar, la dejé ser. Lo único que me preocupaba era que se me notara, que la gente me viera de perfil, o de frente, y dijera, se ve que calza grande, este muchacho es un sobredotado. Entonces me dije: León Rosas Bernal, ¿para qué traes tanto dinero en la bolsa?, o mejor todavía: ¿por qué tu amigo el chiniux puso esa lana en tus manos? A ver, ¿para que te compraras tus útiles escolares, o llevaras una aspiradora a la casa y te acomidieras a hacer el quehacer? ¿Crees que para eso lo hizo? ¿No sería un mensaje en clave, para que por fin estuvieras con una chava?

No le tuve que dar muchas vueltas.

Pero ahora tenía una gran bronca: ¿cómo dar con un burdel, casa de citas, prostíbulo, casa non sancta, o como gusten y quieran llamarlo? Ni modo de andar preguntando a diestra y siniestra, a esa viejita que está por cruzar la calle, o a ese señor que está esperando un taxi. ¡Un taxi! El chofer del taxi, ésa era la solución. Ojalá y no hubiera perdido su tarjeta. La busqué como loco y la encontré. Qué buena suerte que la había guardado. Luego de esperar como veinte minutos que se desocupara un teléfono, le marqué.

Era un sitio, ya me lo había dicho. Me dijeron que esperara un momentito. Bueno, estaba de suerte porque igual y no lo hubiera encontrado.

—¿Bueno? —identifiqué la voz de inmediato.

—¿Señor Acosta? Habla el muchacho que recogió hoy en la mañana en el aeropuerto, el que llevó a Tlaquepaque. ¿Se acuerda de mí?

—Sí, claro, el de la edad de mi hijo.

Otra vez el hijo, pensé. Pero al fin y al cabo eso a mí me valía gorro, con tal de que el señor no se me fuera a poner moralista.

—El mismo, ¿podría venir a recogerme?

Me dijo que con mucho gusto. Le di las señas del lugar donde estaba y quedó que en cosa de quince o veinte minutos estaría por mí.

Caray, cuántos taxis, reflexioné. Me estoy subiendo a un buen. No hay cosa que le choque más a mi papá que tomar taxi. Dice que son una bola de rateros, que no saben manejar y que te dan más vueltas de las necesarias con tal de sacarte más dinero. En cambio a mi mamá le fascinan. Toma taxis para todo, si vamos al cine toma taxi, si nos lleva al doctor toma taxi, si vamos a comprar los uniformes, toma taxi. Un punto más de discrepancia en la armoniosa relación de mis papás. Creo que en el fondo la excusa es lo de menos. Lo que les importa es pelear, y entre más fuerte mejor. Cómo lo odio. Cuando lo hacen me tapo las orejas o me encierro en mi recámara. Aunque no es eso lo único que odio. Por supuesto que no. He aquí una lista lo suficientemente amena:

1. A Raúl Velasco y su enajenante programa
2. Las campañas de los partidos políticos
3. Las escenas de las telenovelas cuando lloran
4. Los postres
5. Los que suben sus coches a la banqueta y estorban el paso
6. La gripe y el chorrillo

7. El timbre del teléfono
8. El helado cuando se me mete entre los dientes
9. Los comerciales por radio
10. Rocky V
11. Que me dejen esperando en el coche
12. Ya lo dije: que mi mamá y mi papá se peleen

No me había movido de mi lugar y el taxi no aparecía. No iba a llamar de vuelta. Si no venía, quería decir que no tenía interés o algo se le había atravesado en el camino. Y en ésas estaba, cuando vi el taxi Dodge azul y amarillo, con don Néstor Acosta al volante.

Me subí como Flash.

—¿A dónde quiere ir? —me preguntó. Si antes había sentido su voz familiar, ahora me parecía más cercana que la de mi tío Balberto.

No supe qué contestar. Tenía dos caminos: el A y el B. El A consistía en decírselo de un modo eufemístico, practicando el arte de la elipsis, rodeando y rodeando, decírselo sin decírselo, hasta que él mismo me preguntara: ¿No le gustaría conocer un burdel? El camino B consistía en ser directo y soltárselo a boca de jarro, que ni siquiera tuviera tiempo de pensarlo. Así que me decidí por este camino. Le dije:

—Por favor lléveme a un burdel.

Pero yo creo que no le dije nada. Porque él me volvió a preguntar:

—No me ha dicho a dónde vamos.

Decidí entonces aplicar uno de mis trucos preferidos, el ASM, que significa Aviéntate Sin Más. Cerré los ojos y me oí decir:

—¿Podría ser tan amable de llevarme a una casa de citas?

Pero supongo que mis labios permanecieron tan cerrados como un banco cuando llegas tarde a hacer un depósito, porque don Néstor insistió:

—¿Quiere que lo lleve a dar una vuelta mientras se decide?

—Bueno —dije, y el taxi empezó a dar vueltas por aquí, vueltas por allá. Las manos me sudaban como si me las acabara de mojar, y sentí que en la garganta tenía un tapón más grande que el de la gasolina del coche de mi papá. Así que, ante la inexplicable ineficacia de mis trucos, pensé qué habría hecho en mi lugar Kung Fu. ¡Eso era! Le diría a don Néstor que quería ir a una casa de citas y si se enojaba le aseguraría que no era más que una broma, y si jalaba pues ya no había de qué preocuparse.

—Oiga —le dije—, ¿me haría un favorzote?

—Sí, claro, lo que quiera, si ya le dije que hasta se parece a mi hijo.

¡No me diga eso ahorita!, pensé. Pero bueno, ya había empezado.

—¿Me llevaría con unas muchachas?

—¿Unas muchachas? No entiendo bien. ¿Quiere usted subir unas muchachas al carro y darles una vuelta?

—¡No! —grité—. ¡Quiero cogerme a una vieja!

Ya lo había dicho. Don Néstor se quedó callado y disminuyó notablemente la velocidad. La disminuyó tanto que terminó por orillarse y hacer alto total. Se dio media vuelta y me miró a los ojos:

—¿Está seguro?

—Totalmente —dije—. Usted entiende, ¿no?

—Agárrese —me dijo—, que lo voy a llevar como rayo.

Y arrancó quemando las llantas. En el camino no paró de hablar. Me dijo que las muchachas estaban muy caras, pero que valía la pena porque tenían su permiso de sanidad y toda la cosa, además de que eran de lo mejorcito. Famosas, vamos —sentenció.

Por fin llegamos a las puertas de una casa, una casa como cualquier otra. Había dos puestos flanqueando la puerta, uno de tacos de suadero y tripa y otro de picos de gallo. Inevitable: se me abrió el apetito. Aquí es, me dijo. Yo le di las gracias y le supliqué que me esperara un rato. Pero no me dejó terminar:

—Lo voy a acompañar —dijo, en un tono que no admitía réplica.

Pero repliqué:

—No, gracias.

Y él:

—Sí, está usted muy joven. Yo lo acompaño. Hace usted lo que tiene que hacer y nos vamos.

Y diciendo y haciendo, estacionó bien su carro y se bajó. Casi estábamos por tocar el timbre de la casa, cuando me explicó: Esta casa se llama de las Encueradas, porque las viejas andan en cueros, o casi. En la esquina está la Guaracha, pero ahí son muy escandalosos. Seguido matan gente.

Tocó el timbre y se repitió la escena de la víspera. Se corrió una cortinita metálica y un hombre

—menos feo que el del burdel chino— se asomó por ahí. Nos vio y abrió. Me pidió la cartilla, pero el chofer dijo que yo era su hijo, que le diera chance. Escurrió un billetuco en su mano y pasamos sin problema.

En el interior de la casa había una iluminación exigua, o peor que eso: sepulcral. Don Néstor me dijo, con una voz tan fuerte que lo habría envidiado un político:

—Estás en tu casa. Escoge a tu chava.

Él se quedó parado en la barra. Yo me senté en un sillón y al instante un mesero se acercó para ofrecerme una copa. Pedí un coñac. No sé ni por qué lo dije, si el alcohol no me gusta y el coñac me hacía vomitar. Mis ojos se fueron acostumbrando a la oscuridad. El mesero regresó a los dos minutos con una copa y un vasito con agua de tehuacán; lo supe porque hacía muchas burbujas. Probé el coñac y me supo espantoso. Cómo no pedí una pepsi, me dije, porque, como ya se habrá visto, es mi refresco preferido.

Había chavas a morir, y yo me empecé a poner más que nervioso. De inmediato mi cosita bonita se avispó como una mosquiux sobre la carne. Había mujeres desnudas y otras nada más con ropa interior. Ninguna vestida. Nunca había visto algo así. Quería mirar todo, que nada me pasara desapercibido (o inadvertido, es lo correcto, dice Corripio en su *Diccionario*..., ya citado). De aquí me saldría material como para unas doscientas puñetas, así que ojo al garabato. Me empecé a reír con todas. Kevin Costner en persona, chavalas, para que se den gusto. Sin malicia, como animándolas a que vencieran su timidez y se me acercaran. Cualquiera que me veía, encontraba en mi expresión la sonrisa del niño Dios. Hasta que una se animó.

—¿De dónde vienes? —me preguntó—. Porque te noto medio sacado de onda, con una sonrisa tiesa y sin expresión alguna. ¿Estás nervioso?

—Para nada —acoté—, así soy yo.

—¿Me invitas una copa?

Me dije: qué copa ni qué madres. A lo que te truje, ¿o no? Así que le dije: ¿y si en lugar de copa te invito un acostón?

Ése no era yo. Por Dios que ése no era yo. Jamás en mi escuálida existencia me había oído hablar así. Pero le dije, como para confirmar: ¿o estás ocupada? No, papacito, me dijo ella. Por supuesto que no, si para eso trabajo aquí. Además de que estás muy guapito. Te pareces al de Robin Hood.

¡Guauuuu! Al fin, carajo, al fin era obvia mi belleza. Esta chava sabía lo suyo. Tomé su mano y la besé: Eres como una isla del Mediterráneo, a la que arriban los amores dichosos, le dije, temblando de emoción.

—Qué bonito hablas —dijo, y se levantó.

La voy a describir: tenía brasier negro, con unos senos lo suficientemente grandes como para hacerte perder la cabeza. En la parte de abajo llevaba un atuendo raro: una especie de tanga, pantaleta y liguero, las tres cosas al mismo tiempo. Su cara oscilaba entre la dulzura y la sensualidad, y si te la quedabas viendo fijamente descubrías cierta tristeza, como una lejana melancolía subrayando su sonrisa.

Así que nos pusimos de pie. Pero no había dado un paso cuando se acercó el mesero y me pidió la cuenta. No le había dado más que un trago al coñac, pero ni modo. Hay cosas que no se discuten. Era una lana. Así que saqué el tajo y mesero, chava, y otros meseros y otras chavas, se le quedaron viendo a mis billetes con los ojos tan clavados como tuercas en el imán.

Entonces se acercó don Néstor y me dijo:

—¿Siempre te trajiste tu dinero? Préstamelo. Te lo guardo mientras.

¿Qué hacer, Dios mío? Tenía dos caminos: el A y el B. El A consistía en no darle el dinero, pues de habérselo dado me habría quedado con la incertidumbre de que no lo volvería a ver. Porque el hecho de que yo tuviera su tarjeta era algo tan relativo como el tamaño de la Tierra respecto al Sol. El camino B, en darle el dinero, en confiar en él. Sin ninguna base, más que confiar. Obviamente, me decidí por el camino A; pero mis labios me traicionaron, como si no fueran los míos, y dijeron: Sí, claro. Y vi a mi poderosísima mano darle el fajo de billetes.

Seguí a la chava.

Sus nalgas se movían de un lado para otro, como dos esferas que tuvieran arena de playa en su interior. Y no de cualquier arena, sino de la más ardiente. Nunca en mi vida había visto unas medias tan cachondas. Tenían costura en la parte de atrás y era absolutamente una delicia ver a la chava, de tacones, tan bonita y con una ropa de ensueño, caminar delante de mí.

Pasamos y se sentó en la orilla de la cama. Me dijo: ¿Quieres arriba o abajo?

No respondí nada. Ni siquiera me acordé del famoso de a perrito. Simplemente brinqué y le caí encima. Ella me detuvo con una frase que no se me olvidará jamás: Espérate, no vayas tan aprisa. Ni que fueras quinto.

Pues yo no era quinto, era quintérrimo. Así que la empecé a acariciar como Tarzán a Jane. Pero una vez más, me detuvo. Me bajó la bragueta y expuso al aire mi cosita bonita, pero auscultándola como lo haria una doctora del IMSS. ¿No has tenido alguna enfermedad?, me preguntó. Y la exprimía y la revisaba acuciosamente por arriba y por abajo. Naturalmente no había tenido ninguna enfermedad y así se lo dije. Cuando estuvo satisfecha, exclamó, y su voz me pareció la de una diosa: Ahora sí, Robin, vente por donde quieras.

Y una vez más, me le abalancé.

Y una vez más, me volvió a detener.

—Quítate la ropa —me dijo.

Yo la obedecí como si fuera la maestra Bety. Me quité el pantalón y la camisa, y cuando me iba a quitar la trusa dos cosas me detuvieron: que mi cosita bonita parecía que iba a romper la tela, la primera, y la segunda, que lo más probable era que trajera flameada la trusa; en otras palabras, que una mancha entre café y dorada delatara mi escasa experiencia en limpiarme cuando iba al baño. No sé si me explique. Así que me empezó a dar pena y disimuladamente, híper muy disimuladamente, me quité la trusa y la arrojé abajo de la cama. El grito de la chava llegó demasiado tarde:

—¡No eches allí tus calzones! ¿No ves que puedes infectarte? Allí se acumula toda la suciedad. No seas menso y fíjate.

—Ah sí, gracias —dije, y saqué la trusa trabajosamente. En efecto, había algunos desperdicios abajo de la cama: pedazos de papel de baño, pelusa, un calcetín, condones usados y me pareció ver una cucaracha. Todo esto arriba de una capa de polvo tan espesa como una alfombra de dudoso acabado.

Entonces puse toda mi ropa en una silla. Me iba a quitar los calcetines cuando me advirtió:

—Déjatelos, no te estorban y te pueden evitar unos hongos.

Me volví a mirarla. Supongo que tendría la expresión más triste del orbe, porque me dijo:

—No te entristezcas. Mira, vete en el espejo. Se te sale lo ganoso por todas partes. Vente aquí junto a mí y dale besos a tu mami linda.

Cosa que yo hice en el acto.

¡Gracias, Kung Fu!, fue lo único que alcancé a pensar.

12

—Son quinientos, papacito.

—¿Cómo?

—Que me debes quinientos mil pesos.

Tenía dos caminos: el A y el B. El A consistía en pagarle y encolerizarme por su espíritu metalizado. ¿Cómo así? Cobrarme tan descaradamente, como si no fuera a pagarle o tuviera cara de ladrón. Qué mala onda. El B, en pagarle y besarle la mano, bueno, una vez que tuviera el dinero en mi poder. Me decidí por el B, y me oí decirle, tan claro como que reconocí mi voz y mi estilérrimo: vamos afuera y te pago tocho morocho, hasta propina te va a tocar. Y como se me quedó viendo como diciendo qué se me hace que quieres pelarte sin pagar, agregué, en tono de alegre conciliación: tú viste que el señor que venía conmigo trae mi dinero, si hasta se lo di enfrente de todos, ¿o no? Ni modo que mi propio padre me fuera a dejar colgado, ¿no crees?

Se rio e hizo un dulce gesto de asentimiento. Tanta paciencia, si hasta parecía oriental. Paciencia y comprensión, porque no hizo ninguna pregunta indiscreta o chascarrillo, como habría apuntado cualquiera otra. No cabía duda que estas mujeres se la traían, por alguna razón acudía uno a ellas con tanta frecuencia. Bueno, bueno, acudiría, acudiría.

Nos vestimos, o mejor dicho, me vestí, y salimos. La siguiente pregunta era: ¿me estaría esperando don Néstor? ¿Seguiría ahí, con toda mi lana en la bolsa, esperándome simple y llanamente por nada? Puta, qué malérrima onda si ya no estaba; se me desmoronaría el concepto de la amistad, no, qué concepto ni qué madres, la confianza todita. Eso sería lo que se me vendría abajo. Claro está que si mi papá estuviera aquí, ya me estaría diciendo tú tienes la culpa, cuándo no, mejor deberías concentrarte en hacer algo de provecho. Ya lo dije y lo repito: si tienes modo de evitar vivir con uno (o más) neuróticos, evítalo. A veces pienso que debería ser al revés: que los padres deberían dejar a los hijos por ahí de los cuatro o cinco años, antes de que les causen daños irreparables. La pregunta es: ¿quién se haría cargo de ellos? Puta, qué gran pregunta. Pues maestros, preceptores, pero que estuvieran sujetos a la voluntad del niño, y que sólo mostraran las cosas bellas de la vida cuando fuera el momento propicio, no por obligación ni por obtener buenas calificaciones, pasar exámenes, o cualquiera de esas medidas coercitivas que lo único que hacen es alejar a los chavos del conocimiento. ¿O no?

Cerré los ojos cuando entré a la sala. La chava venía atrás de mí, y como no queriendo me traía del brazo. ¿Por desconfianza o porque le gustaba que la vieran del brazo con Kevin Costner? Mi buen juicio se inclinó por esta posibilidad. Llevaba los ojos cerrados porque no quería decepcionarme tan rápido, digo, por si no estaba don Néstor. Cuando menos unos segundos podría continuar siendo feliz. Voy a explicarme. Esos segundos a los que me refiero son unos segundos de vida, que tú mismo puedes fabricarte, contradiciendo todas las leyes de la lógica, y que a la larga resultan valiosísimos. Por ejemplo, supon que haces un examen oral, y que, clásico, el maestro te reprueba. Tú acabas de responder las preguntas y el maestro te dice, solemne y arrogante, como son el noventa y nueve punto nueve por ciento de todos los maestros, sumados desde el kínder hasta la facultad, así que se te queda viendo y dice, sopesando cada palabra, tal cual el torero que va a asestar el golpe mortal sobre el toro de lidia, así, te dice, semejando al verdugo de la guillotina, o al que les cortaba la cabeza de un hachazo a sus víctimas, te dice: Tiene usted cinco. Naturalmente él cree, en su infinita prepotencia, que ya te jodió la existencia. Qué feliz se siente el miserable, porque no creas que el que sufre es él, para nada. ¿No has notado una sonrisita medio siniestra cada vez que lee la calificación de un reprobado? Es la sonrisa del verdugo. En lugar de que te dijera mira estás reprobado, sacaste cinco, pero como yo no gano nada con reprobarte y se me hace que tú sirves para otra cosa, pues te voy a poner seis, ¿qué te parece? Pues aquel maestro te jodió si no te pones listo, si no aprovechas *esos* segundos que te digo. ¿Cómo? Muy fácil. Simplemente dile: ¿qué dijo, maestro? Así como lo oyes: ¿qué dijo, maestro? Los dos segundos que tardas en preguntar, más los dos segundos que él tarda en digerir la pregunta y responder nuevamente, más uno o dos segundos que se cuelen de pausa, de silencio absoluto, ya tienes cuando menos cinco segundos a tu favor, cinco segundos de vida a tu favor, ¿me explico? Pues si no me he logrado explicar ya no sé cómo hacerle.

Cuando abrí los ojos, don Néstor no estaba. Conforme mis privilegiadas pupilas fueron acostumbrándose a esa otra dimensión, al ambiente enrarecido que flotaba en la sala, aquella hipotética decepción fue convirtiéndose en vil realidad. Pinche don Néstor, se había ido con la lana. Calculé las posibilidades de huir; eran nulas. En la puerta estaba el vigilante. Tenía asegurada la puerta con aldabones, por lo que aun en el caso de que lograra distraerlo unos segundos, me tardaría un buen en alcanzar la salida. Y eso sin contar el brazo de la chava, ni el auxilio de los meseros y demás chavas, pues ¿a quién no le gusta apedrear a la víctima? Todos se suman muertos de risa. ¿Qué podía hacer? Aquí sí no iba a haber modo de que lavara los trastes, no por quinientos mil pesos. Sin embargo, mi cerebro echó a andar su maquinaria y se acordó de una antigua palabra, misma que había descartado dado el terror que empezaba a apoderarse de mí: truco. Claro, debería aplicar un truco. Y encontré uno de inmediato: el PA, que significa Por la Azotea. Por supuesto, tendría que llegar a la azotea y de ahí irme brincando y brincando hasta alcanzar una banqueta y depositar nuevamente la planta de mis pies en lo que para mí sería una nube blanca y espumosa rumbo hacia la libertad.

Así que me volví a la chava para decirle que iría a buscar a don Néstor al baño, cuando vi que él me estaba viendo, con una sonrisota en los labios, como diciendo a ver a qué hora se te ocurre voltear. Allí estaba, a un par de metros de mí, recargado en la barra, tomándose un chupito, como les dice mi papá a los tragos con tanto cariño. Cómo habré suspirado, que se acercó presuroso, con el fajo en la mano.

—Aquí tienes, hijo —exclamó, mientras me daba los billetes.

—Qué susto, papá —le comenté, separando inmediatamente once billetes de a cincuenta. Aprovecho para decirles que para el cálculo mental soy hiperbuenérrimo. Jamás me equivoco. Esto me da oportunidad de lucirme, por ejemplo cuando alguien pregunta por la edad de fulano o mengano. Dicen: pues no sé cuántos años tiene porque nació en 1908. Entonces tú piensas, de volada: ocho a ochenta y ocho son ochenta, más tres porque estamos en noventa y uno, son ochenta y tres en total. Y lo mismo lo aplicas para calcular precios que porcentajes, fracciones de kilo o lo que se te dé tu regalada y soberana gana, ¿o no?

Así que se los di a la chava y le dije:

—Quinientos y cincuenta más, para unos chicles.

Tomé su mano y la besé, con una flor de mi inspiración:

—Hermoso y dulce rostro, por el que sufro, beso tu mano y me despido.

—Gracias, eres un encanto —respondió ella, y agregó—: Oye, no me has dicho cómo te llamas.

—Bond, James Bond —dije (caray, al fin se lo había logrado decir a alguien). Los dos nos reímos. Así que no tuve más remedio que decir la verdad: León, así me llamo. ¿Y tú? Quiero recordar tu nombre por los siglos de los siglos, serena isla.

—Hortensia...

—¿Hortensia? —pregunté, azorado.

—¿Te gusta o te choca?

—Me encanta —repuse, mientras mi cerebro me advertía: ¿Ya te fijaste, oh bestia, que Hortensia y Osbelia tienen las mismas vocales y en el mismo orden? ¡Era cierto! Lo cual me pareció buenérrima onda.

Me di media vuelta y ya había caminado unos pasos cuando Hortensia me llamó, o mejor dicho, me dijo desde donde estaba:

—León, regresa pronto. Acuérdate que siempre la siguiente vez es mejor. Y tú no eres León. Eres Robin. No se te olvide.

Yo me echo otro, me dije. Regresé los pasos que había andado, la tomé de la mano y le dije: va de nuez, preciosa. Pero yo creo que en realidad no le dije nada y ni siquiera me moví de allí, porque seguía parado en el mismo sitio, escuchando las palabras de don Néstor:

—Tómelo con calma, estas cosas hay que espaciarlas para que las disfrute y no les pierda el gusto. Yo sé lo que le digo.

Salimos y como que la descarga había sido levemente violentérrima porque una cosa fue ver los tacos de suadero y otra ordenar cinco, con su Favorita. Naturalmente le ofrecí sus taquiux a don Néstor, que aceptó de muy buena gana.

—¿A poco le gusta la Favorita? —me preguntó.

Y yo decidí discurrir:

—Hace rato me comí unos jot dogs con pepsi. Pero entonces me dije: si de veras quieres conocer los gustos de una población paséate por el centro y fíjate en las chavas, cosa que ya hice, y prueba el refresco local. Ahí es donde se ve el gusto de la mayoría, ¿o no? Así que ni modo, ya me había tomado las pepsis, porque fueron varias. Pero ahorita dije: ahora es cuando. Además se me antojó porque es de limón.

—Es usted muy inteligente —me dijo don Néstor.

—No se crea —lo atajé—, a veces la riego. Sobre todo cuando emprendo razonamientos de orden teológico.

Ya no dijo nada. Comprendí que su silencio era aprobatorio.

Nunca en mi agreste vida había visto a nadie

comer tanto chile como a don Néstor. No se midió. Se sirvió como la mitad del molcajete de salsa de chipotle, que, aquí entre nos, estaba hiperpicosérrima. Allá él cuando fuera al baño, pensé.

Subimos al carro y me preguntó:

—¿A dónde?

Era temprano. Algo así como las seis, pero ya no tenía nada más que hacer en Guadalajara. Así que le dije:

—Al aeropuerto. Ya me voy a México, ahora sí.

Y añadí, más para decírmelo a mí que a él:

—Mi avión sale a cualquier hora. Es de mi propiedad, jar, jar. No es cierto, no se crea, tengo el vuelo abierto, o el boleto abierto, o el regreso abierto, o como se diga.

—Eso supuse —acotó don Néstor, con la vista fija en el camino.

Anduvimos así varias cuadras, él al volante y yo pensando en los ojos de Osbelia —y, cómo no, en las piernas de Hortensia—, cuando decidí romper el silencio:

—¿Y cómo sigue su hijo? —dije, por decir algo.

—Malito, joven, muy malito. No sé qué está más: si triste o enfermo. Quiero decir, tiene la edad de usted, como le dije hoy en la mañana. Y no me lo va a creer, pero también es medio güerito, herencia de familia, porque yo soy de Zapotlanejo, ¿conoce?

No conocía.

—Claro —le dije—, muy bonito.

—No tiene nada de bonito, pero gracias. Bueno,

pues verá usted. Si le digo que mijo está triste es porque está triste. Él es muy valiente y nos dice a su jefa y a mí, que no nos preocupemos ni hagamos caras largas, que se siente bien y que no le duele nada, ¿usted cree? Pero los doctores nos dijeron que los dolores que tiene son terribles, que le duele mucho por las operaciones del estómago y del intestino. Pero él no se queja. Yo creo que se ha pasado como tres cuartas partes de su vida en cama, pero la voluntad no la pierde, muchacho al fin. Ni me pregunte cómo va en la escuela porque le diría que va de la patada. Año que empieza año que reprueba. Porque además se me hace que es medio burro. ¿Usted en qué año está?

—Voy a terminar la secundaria —respondí, no con orgullo ni con pena, no había por qué, sino con la mala onda de pensar en la escuela, en que tarde o temprano tenía que regresar e incorporarme al enajenante sistema escolar y soportar a los maestros autoritarios, incomprensivos e ignorantes, amos y señores de la estulticia, lo mismo que a mis compañeros: bobos, cándidos y frívolos.

—Fíjese, él está en quinto, en quinto año de primaria.

Hasta la voz se le quebró. Qué malísima onda, ¿o no? Que cuando tu papá hable de ti se le quiebre la voz. ¿Sería que le daba vergüenza? Ni idea, pero por si las moscas yo le dije:

—Eso no tiene ninguna importancia.

Y agregué, valga la metáfora, con la mano en el curazao, que es el modo portugués de decir corazón:

—Mozart no fue a la escuela, Einstein reprobó matemáticas y a Shakespeare nadie le enseñó gramática.

—¿En serio? —preguntó don Néstor, más sorprendido que un avión comercial japonés descubierto por cinco cazas norteamericanos volando sobre Nueva York un día después de Pearl Harbor.

—En serio —asentí.

—Le voy a pedir un favor —dijo, casi en un susurro.

—Claro —dije yo, con la voz más tranquila y familiar del sistema solar.

—Que me escriba en un papelito los nombres de los señores que me acaba de decir, para que yo se los diga y le quite la aflicción.

—No le voy a apuntar nada —lo interrumpí.

Y antes de que se repusiera de la sorpresa de mi negativa, le dije:

—Porque quiero decírselo personalmente. ¿Me llevaría a conocerlo? Si no me equivoco andamos por el rumbo.

Pregunto: ¿alguno de ustedes ha visto las caras de las mis Universos cuando les dicen que ganaron? Pues imagínense esa cara en don Néstor.

—¡Le va a encantar platicar con usted! Si casi nadie lo visita —dijo, mientras un camión casi nos rebana una salpicadera, pues don Néstor del purititito gusto hizo una maniobra medio peligrosa.

Don Néstor tomó una avenida, tomó otra y otra más, y pronto estuvimos en su casa. Abrió la puerta y me condujo por un pasillo. De todas partes salían niños —son mis hijos, comentó. Por cierto, a todos y cada uno me los fue presentando. Me sentí el regente de la ciudad de México cuando va a las escuelas y le presentan a los chavos. A propósito: todos los niños le besaban la mano, a su papá, no al regente. ¿Hacía cuánto tiempo que yo no se la besaba al mío? Yo no estaba acostumbrado, pero igual y a mi papá sí le hubiera gustado. Quién sabe. Por fin llegamos a una especie de salita. Don Néstor gritó ¡vieja!, ¡vieja!, y una señora vino a recibirnos. Tenía el pelo semicanoso pero el cutis sin una arruguita que delatara su edad. Don Néstor me presentó como el amigo de su hijo y me llevó hasta una recámara.

—Chava —le dijo—, te traigo una sorpresita.

Me indicó que esperara atrás de la puerta y alcancé a escuchar:

—¿Qué cosa, papá?

—Un amigo de México, hijo, te traigo un amigo.

—¿Un amigo? A ver... —oí.

Y pasé.

Puta, cómo se deja uno llevar por el dramatismo, pensé. Si era un chavo como cualquier otro. Como yo, como tú, como todos. Naturalmente enmudeció. Y yo también. Me empecé a preguntar qué hacía yo ahí, exactamente la misma pregunta que él se estaría haciendo. No teníamos nada de qué hablar. Permanecimos así, callados, quince segundos, treinta, cuarenta y cinco, un minuto, un minuto y medio, dos... hasta que ambos, él y yo, los dos al mismo tiempo, estallamos en carcajadas. No podíamos parar de reírnos. Don Néstor y su mujer, y algunas caritas que espiaban tras el filo de la puerta, se quedaron boquiabiertos.

—¿A quién le vas? —me preguntó, desternillándose de la risa.

—Al Cruz Azul —respondí, sin dejar de reír.

—¡Yo también, por no irle al Guadalajara! —y nos reímos más todavía, como si estuviéramos borrachos.

Tardamos mucho en calmarnos.

Platicamos de todo. Don Néstor y su mujer nos dijeron cómper y yo aproveché para contarle a Chava mis últimas experiencias: lo de Hortensia, lo de Osbelia, lo del chinito y, claro, también lo del viejo y la cieguita. Enseguida le hice un retrato hablado de mi familia y le exageré un poco el castigo que me esperaba. Él estaba extasiado. Cada rato me preguntaba: ¿De veras? ¿Por Dios? ¿No me estás mintiendo? Y yo, no, hombre, para nada. Mira, y le enseñaba el mechón de Osbelia, o el penique de mi buena suerte. Porque ahora estaba convencido de que existía la buena suerte.

—¿Sabes qué? —le dije—, por una sola vez en mi vida he realizado un sueño dorado: cruzar unas palabras con Osbelia, con mi chava. Yo ya no podría pedir más. Si ahorita me dicen muérete, me muero feliz de la vida. Y tú: ¿tienes algún sueño dorado? —le pregunté. Al instante me arrepentí. Quizás había sido demasiado precipitado de mi parte preguntárselo.

—Uno solo —me dijo—: tener una bici de carreras, de ésas súper.

—¿Sabes andar? —le pregunté, medio confuso, porque a leguas se veía que Chava no era precisamente un dechado de condición física, tirado en la camiux, con cara de borrego a medio morir.

—Sí —me dijo—, yo ando en bici. Claro está que nada más puedo andar un ratito. Pero descanso y le doy más. Tengo mi bici, pero es rodada veintidós y me veo como tarado cuando ando en ella. Además ya ni es mía, mi hermano Omar es el que la usa. Pero te imaginas, ni modo de decirle a mi papá, bastantes gastos le doy ya. Ni modo de decirle, regálame una bici de carreras. Aunque se las huele. Los papás son listos.

—Sí, es cierto —dije. Y pensé en los míos. Ahorita estarían sufriendo por mí y me sentí mal. Tendría que hallar el modo de compensarlos. Quizás eso hacía falta de vez en cuando. Estirar la cuerda.

El sol había empezado a ponerse y la noche estaba muy cerca. Salía un avión a México cada hora y no quería llegar tan tarde a mi casa. Así que decidí aplicar el truco DDTA que significa Despídete De Tu Amigo, y marcharme al aeropuerto. Me levanté y me acerqué a la cama. Procuré no ver la aguja del suero que Chava tenía incrustada en el antebrazo, y simplemente le extendí la mano.

—Adiós —le dije—, más pronto de lo que te imaginas te vendré a visitar.

—Adiós —me dijo—, aquí te espero.

Salí sin mirarlo una vez más. O eso fue lo que creí, porque al llegar a la puerta me di media vuelta y le hice una seña de adiós con la mano. Él respondió de la misma manera.

Don Néstor me estaba esperando en la salita, con su esposa. Me despedí de la señora y le dije a don Néstor que me llevara al aeropuerto.

—Claro —comentó—, para eso estamos.

¿Alguno de ustedes ha estado en Guadalajara cuando el sol casi ha desaparecido? Me pareció la hora más triste. Como el cielo está hiperdespejadérrimo, todo se ve sombrío, azul-gris-casi-negro, sepulcral.

—No sabe cómo se lo agradezco —dijo don Néstor. Me sacó de mis cavilaciones; pero qué importaba, ya tendría tiempo suficiente de pensar en el avión.

—No me diga nada —lo detuve en seco.

Y entonces la vi.

Ahí estaba, a sólo unos pasos de mí.

Tan cerca y tan lejos.

Solita, sin nadie que le echara un lazo.

Como esperándome.

Como esperando ese instante de la tarde azul-gris-casi-negra.

¡La bicicleta!

La formidable bicicleta de carreras, justo de dieciséis velocidades, como la que queríamos el Gordo y yo y para la cual habíamos ahorrado dos que tres mesesucos.

—¡Deténgase, don Néstor! —le ordené.

Paró de inmediato. Le dije que me esperara un momento y me bajé corriendo. Todavía no daban las ocho y Sears aún permanecía abierto. Entré vuelto madres y corrí hasta el departamento de deportes. En efecto, y como mi ya célebre cerebro lo supuso, ahí vendían las bicis. Escogí una como la del aparador, que era de color rojo chillante, y pregunté el precio: quinientos mil pesos; conté lo que me quedaba de dinero: quinientos treinta mil, y la pagué. Estaba de lujo. Me inflaron las llantas y le voltearon los pedales, porque para que no estorben siempre les ponen los pedales hacia dentro.

Salí con la bici rodando y don Néstor se aprestó a abrirme la cajuela. Suerte que no era un minitaxi.

—Sí cabe —me dijo—, aunque le sobra un poquito. ¿La va a mandar por paquetería?

—No —le dije—, no es para mí. Es para su hijo. Pero un favor, don Néstor, un favor muy importante: no le diga que se la regalo yo. Invéntele lo que quiera.

Se quedó mudo. Cuando vi que iba a protestar, me subí híper-rápido al carro. Todavía don Néstor tenía la intención de replicarme algo, cuando le ordené que me llevara de volada al aeropuerto. Y que no se distrajera, porque quería llegar sano y salvo.

13

Digo, que me tocó junto a la ventanilla. Porque al que sabe viajar le gusta junto a la ventanilla, ¿o no? Aunque igual si me hubiera tocado junto al pasillo me paso junto a la ventanilla porque el avión iba casi vacío, o mejor dicho apenas con un levísimo de gente. Cuando digo que al que sabe viajar obviamente estoy pensando en mí porque no cualquiera se aventaba un ida y vuelta a Guadalajara en el mismo día, ¿o no? Así que me dispuse a disfrutar del viaje. Qué buena onda, una azafata, sobrecargo, stíguar, o como quieran y gusten llamarlo, se hizo cargo de miguelito valdés, que, ojo, no es mi seudónimo sino el modo de decir de *mí*. A mi mamá le cuesta mucherrimo trabajo entender esta expresión, imagínense si le tratara de explicar yo la estructura molecular de la sangre. Digo, que cada vez que pregunta ¿de quién es este pañuelo?, o ¿de quién es esta chaparrita que está en el congelador?, o ¿de quién son estos malditos tenis que están en la lavadora? Yo respondo: de miguelito valdés. Y ella tiro por viaje me dice:

¿quién es ése? ¿Es un amigo tuyo?, o: dile que ya no venga a la casa. Pobre, yo creo que el lento aprendizaje de mi hermana Carmelita se lo heredó a ella, a mi santa madre.

La stíguar estaba de lujo. Para variar. Porque todas. Y lo mismo en las películas que en la vida real, ésta, la vulgar, la que llevamos tú y yo y seguramente todos los que te rodean. O niégalo. Me pregunté: ¿cómo le harían para que esas chavas siempre estuvieran híper-bien? Quién sabe, a lo mejor se las iban a escoger a Guadalajara. Porque no había ninguna diferencia entre estas chavas y las que andaban en el centro de la capital tapatía. ¡La capital tapatía!, qué retórico me vi. Híper. Caray, ya se me estaba pegando lo don Néstor. Seguramente ahorita ya le estaría entregando su bici de carreras a Chava. ¿Qué le inventaría? Quién sabe. Era inútil conjeturar, sin bases. Aunque así somos los mexicaniux —y conste que cómo me gustaría decir *son* en vez de *somos*—. Digo, que nos fascina especular, conjeturar sin el menor conocimiento. Y no sólo eso, sino llegarle de volada al terreno de los hechos. O sea, no sólo hacer planes sin la menor base, lo cual ya resulta bastante audaz, sino poner manos a la obra, ya sea levantar puentes, construir presas o proyectar unidades familiares de sesenta o setenta edificios. Bueno, finalmente ése no era mi boleto, ni nunca lo ha sido ni nunca lo será. Si no me conozco a mí mismo menos voy a poder conocer a setenta y cinco o más millones de mexicanos, ¿o no? Así que mejor decidí cerrar los ojos y aplicar el truco AAM, que significa Abrazar A Morfeo, y que para los que no lo saben es el dios griego del sueño.

De eso que tienes un buen de sueño. Y no era para menos. ¿A poco no han visto en las películas cómo después de aventarse un garrotín las parejas no se quedan dormidas un buen? Yo no había tenido oportunidad de dormirme. Por una razón. Porque acabando de hacer lo que hice, me metí al baño y me exprimí un limón en mi cosita bonita. ¡Puta madre! Se siente lo mismo que si orinaras vidrio molido, pero al revés, de afuera para adentro. Porque el limón te entra por la cabecita y viaja hacia adentro, por los conductos infinitesimales que componen el sistema urinario. Así que el limón que me había traído de la mesa donde me sirvieron el coñac lo exprimí en mi signo de admiración como si lo estuviera exprimiendo sobre un vaso de esquites. Grité grueso y maldije al Gordo, que alguna vez me había dado la receta. Así nunca tendrás ninguna enfermedad de ahí, me había dicho. Pues no, pero me dolió como el carajo, qué va, ni el carajo ha de arder así. Cuando me preguntó Hortensia qué me pasaba, yo simplemente dije: un retortijón, creo que algo me cayó mal.

Así que digo que decidí cerrar los oclayos y acostumbrarme a mi propia oscuridad. Qué buena onda. Había tocado fondo: mi propia oscuridad. Se oía muy padre eso. A Kung Fu le hubiera encantado. Es como aforismo o algo así. Fácil y Kung Fu hubiera titulado así alguna de sus recetas:

Tu Propia Oscuridad. (Conste que bastaba con que dijera *tu* oscuridad, pero el *propia* le da énfasis, carácter, como más categoría, ¿o no?)

Soñé a Hortensia. O mejor dicho más que soñarla me aventé el videoteip de todo lo que felizmente habíamos vivido la interfecta y yoni güismuler. Y de eso que tienes los ojos cerrados pero parecía que los tenía abiertos, porque enfrente de mí lo único que veía eran los ojos de Hortensia: un par de ojazos negros. Grandotes, mirándome fijamente. Entonces me di cuenta de que tenía enfrente de mí, casi pegada a mi cara, su nariz respingada contra mi nariz griega, a la stíguar. Por Dios. ¿Qué onda?, le pregunté culomojado, o anonadado, como gusten y quieran.

No salía yo de mi consternación. Si no tenía más que unos cuantos minutos de haberme dormido. Lo cual, definitivamente, se lo hice saber a la chava. Misma que repuso:

—Cinco minutos. Llevamos cinco minutos de vuelo. Pero ve lo que tienes en la mano.

¡Qué quemadota! ¡La quemadota del siglo! Qué del siglo, del híper-siglérrimo: tenía mi cosita bonita en la mano, y además, la non plus ultra quemadérrima, el oso de los osos por los siglos de los siglos: me había orinado, miado, hecho chis, echado una espumosa, o como gusten y quieran llamarlo.

—Qué suerte que no había nadie junto a ti —me dijo.

Yo no sabía dónde meterme. ¿Cómo podría

haber ocurrido eso? Mi cerebro, acostumbrado a reaccionar con frialdad y rapidez ante situaciones inesperadas, ahora se estaba viendo medio lentín.

—No... no... no sé... que... ha... po-di-do...

Entonces la chava, que ya no me pareció tan cuero, se hizo a un lado y dejó pasar a un policía.

—Es el capitán —me dijo—, nosotras no te hubiéramos reportado pero ellas lo exigieron —y señaló a dos monjas que iban en los asientos vecinos, justo a un ladito de mí. Clásicas hermanas de la orden de su puta madre.

—Una persona como usted debe estar encerrada, degenerado —dijo la más fea, señalándome como lo habría hecho la Santa Inquisición con Galileo.

Y la otra agregó:

—Mire que, e... e... e...

—¿E... qué? —pregunté yo.

—E... e... e... —seguía balbuceando la monja.

—Eyacular —sonrió la chava, y se mordió el pulgar.

—No es venida, son orines —dije yo, por disculparme.

—No son orines, es venida —se oyó la voz de mando del capitán.

Me fijé bien, y sí, era una venidérrima. Híper. ¡Qué buena onda!, pensé. Menos mal. Mil veces es preferible que te vengas a que te orines, y máxime si casualmente te ve una chava como la stíguar, que curiosamente me empezó a gustar de nuevo. Y creo que ahora más.

—¡Es él! ¡Es él! —me señalaron una vez más las monjas.

Pinches viejas fascinerosas, amargadas, frustradas, frígidas, estériles y menopáusicas, pensé para mis adentros. Y les grité:

—¡Gaza su ná!

Esas palabras mágicas las decía sólo en ocasiones híper-especialérrimas. Era un mensaje en clave que yo había inventado y del cual sólo estaba enterado el Gordo. Significa chinga tu madre, expresión que me parece la más soez del mundo y que escasérrimamente ha salido de mis labios. Por eso prefiero decir mi mensaje en clave, porque además tiene la ventaja de que nadie lo entiende, así que puedes decirlo enfrente de quien quieras. Y naturalmente tiene su V de vuelta: Tumba tajana. Yo le mandaba recuerdos al Gordo con mi tía Chati, que es su mamá. Le decía: tía, dile por favorcito al Gordo que gaza su ná, y la semana siguiente mi tía me decía: Que dice mijito que tumba tajana.

Capitán y policía es lo mismo. Porque claramente dijo:

—Vas a pagar por esto. Acompáñame a la cabina. Llegando a México le hablamos a tus papás para que vayan por ti. ¿Porque tienes papás, verdad?

Tenía dos caminos: el A y el B. El A consistía en admitir su gris existencia, en aceptar que en tu casa te están esperando tus progenitores que, con todos sus defectos, te quieren un buen y se esfuerzan por estar a tu altura, o, para que no se oiga feo, a la altura de las circunstancias, lo cual significa que inclusive están dispuestos a dar gustosos la vida por ti. Naturalmente, este camino llevaba implícita la aprobación del modo de ser de tus padres, porque compartían el mismo techo, las mismas broncas, las mismas ilusiones. El camino B consistía en negarlos. En simple y llanamente hacerte el desentendido —tal como hizo Pedro cuando negó a Chucho— y decir no hay tal, una botella en alta mar está más acompañada que yo. Claro está que me inclinaría por el camino A, después de todo eran mis padres. Los únicos que tenía. Como mis orejas, las únicas que tenía.

Así que tomé aire y dije:

—Estoy solo.

Y agregué:

—Más sólo que Cristo en el desierto.

Hice una pausa. Me había acordado de un truco, cuya fórmula decidí aplicar: HP, que significa Haz Pausas, y que tiene como cometido provocar expectación.

Habían pasado unos segundos. Capitán, stíguar y monjas se miraban entre sí, aún en la incertidumbre de qué hacer.

Yo agregué, decididamente inclinado hacia el melodramatismo:

—No tengo más que una tía en Connecticut, que por cierto no quiere oír hablar de mí y por eso me mandó mi boleto para México. Yo nací en Guadalajara, allá me crie y algún día allí habré de morir.

¡Puta madre! ¿De dónde me había salido esa tía de Connecticut, y peor tantito: de Connecticut? Si nunca en mi vida había salido de México, ni sabía cómo era, ni tenía parientes allá ni nada de nada... ¿Dónde había visto ese nombre o por qué lo había dicho? Imposible saberlo. Pero ya lo había dicho. Así que por si las dudas mi híper-cerebro empezó a tejer una historia. Felicité ampliamente a mi órgano maestro y decidí continuar, de acuerdo con el ritmo de las patadas. Ni más ni menos.

—Cuánto lo siento —terció el capitán, realmente azorado. A lo mejor y él tenía una tía mala leche en Connecticut.

—Yo también —asintió la stíguar. Creo que era inaudito que algo así pasara en pleno vuelo, porque a leguas se les empezó a notar sacadines de onda.

—Se lo merece —alcancé a oír que decía una de las monjas.

Puta. Me sentí inmensamente triste. ¿Cómo era posible esa dureza de corazón? Y de la tristeza pasé a la indignación. Me van a oír, me dije.

E improvisé:

—Quisiera ver que alguna de ustedes hubiera crecido sin padres, sin primos (¡muera el Gordo!), sin hermanos (¡ídem Carmelita!). Apenas con una tía que desde Connecticut envía dinero de caridad a un orfanatorio para que no se muera de hambre el sobrino maldito, a quien le manda una sola carta en su vida diciéndole que es producto del pecado porque su madre, o sea la mía, mi madre, nunca se casó por la iglesia ni por ninguna otra ley... He cometido una falta, lo sé, una falta gravísima, pero ha sido por órdenes del inconsciente, no por mi voluntad, que si por mi voluntad fuera ya me habría quitado la vida hace mucho. ¡Estaba yo dormido!, caray.

Truco HP en acción. Dejé que algunos segundos corrieran en un silencio semejante al del condenado cuando espera la sentencia del jurado. Observé de reojo a las monjas. Empezaban a sentirse incómodas. Así que aproveché que bajaron la guardia:

—Pero que nadie, nadie pero nadie me diga, de ahora en adelante, que me vaya a confesar y que comulgue, que deposite mis culpas en Dios porque Él, en su infinita misericordia, me las sabrá perdonar. Y eso que apenas hace unos minutos, antes de subirme al avión, me persigné y recé un Padre Nuestro para pedirle a Dios por todos, no nada más por mí, que de egoísmos estoy harto. Pero nunca más invocaré a Dios, jamás lo haré mientras las tenga a ustedes aquí presentes (me señalé el corazón), lastimándome, lacerando la poca fe que me queda en mí mismo. Qué fácil es obligar a un muchacho a que pierda la fe en sí mismo. Caray.

Antes de que nadie se recuperara de la sorpresa, me dirigí al capitán:

—¿La pobreza es un pecado?

La pregunta retumbó como una bomba en el interior del avión. Si no se caía era porque todavía no nos llegaba la hora.

—Para nada, hijo —respondió.

Me había dicho *hijo*, lo cual hablaba de que el hombre tenía buen corazón. Ya peinaba canas, por lo que su uniforme me pareció aún más imponente.

Y enseguida preguntó él:

—¿Te educaste en el orfanatorio? Tengo entendido que con trabajos les enseñan a mascullar palabras. Tú hablas bien.

Aguas, me dije. Tenía que andarme con cuidado para no caer en ninguna mentira, quiero decir, ninguna que me fuera a cachar el capi. Así que dije con la voz más firme del mundo:

—Un padre jesuita visitaba regularmente el orfanatorio, y sin que nadie se diera cuenta me daba libros, muchísimos libros: de filosofía, de ética, de lógica, de aventuras, de historia y de geografía. Viajé por todo el mundo, conocí la mentalidad de los extremos del globo, sin moverme de mi cuarto.

—¿Cómo es que te saliste del orfanatorio sin ser un adulto?

Ay, creo que estaba llevando las cosas demasiado lejos. Pero ya no había vuelta en U.

—Me escapé y le mandé una carta a mi tía de Connecticut, diciéndole que me mandara dinero para irme a México, o que yo la alcanzaría en donde quiera que estuviera y le echaría en cara su abandono. Me envió el dinero directamente a una agencia, adonde fui y me dieron mi boleto. Y ni siquiera viaje redondo. Por fortuna, el jesuita que le digo me ayudó a sobrevivir. Pero no me pida que le revele su nombre...

Dejé que otros segundos transcurrieran. Y miré fijamente al capitán:

—No me refiero nada más a la pobreza material, sino a la espiritual. ¿Es pecado ser pobre? Porque yo no tengo alma.

¡Sopas! Ahora sí me había pasado.

Entonces sucedió lo que menos me esperaba:

Las monjas se pusieron de pie, y primero una y luego la otra hicieron a un lado al capitán y a la stíguar, y otra vez primero una y después la otra se inclinaron y me abrazaron. Eran dos, lo cual significó, si mi lógica euclidiana no miente, dos abrazos de dos cacatúas. Cuando me abrazaban lo hacían tan duro que me embarraban sus babas y me dejaban adherido su aliento.

El capitán sentenció:

—Creo que no hay delito que perseguir, hijo.

Se dio media vuelta y emprendió el rumbo de regreso hacia su cabina. Cierto, había poca gente en el avión, pero ahora todas las miradas coincidían en mí; o casi todas. Por ejemplo, las stiguars me miraban con verdaderas lágrimas en los ojos. De veras, como diciendo, si éste fuera mi hijo yo le daría todo el amor y el apapacho y la comprensión y todas las ventajas del mundo y demás. Así que me dije has llegado muy pero muy lejos, tan lejos como no se lo habría imaginado nadie jamás. Las monjas habían regresado a su lugar y ahora repasaban las cuentas del rosario en sus manos. ¡Estaban rezando por mí! De pronto, antes de abrir la puerta de su cabina, el capitán vino hasta mí y me dijo:

—No te vayas a ofender, hijo, pero acepta esto, que es algo así como un aliciente.

Y sacó un billete de cincuenta dólares.

Yo no supe qué decir.

Pregunto: ¿alguno de ustedes se ha sentido canalla, realmente canalla? ¿Algo así como el que se va a las colonias proletarias y vende el agua potable que es gratuita?, ¿o aquéllos que se aprovechaban del temblor para robar, es decir para sacar todo lo que se pudiera de los escombros y robar? Pues así me sentía yo.

El capitán, una vez más, se dio media vuelta y caminó hasta su cabina. Entonces las stiguars hicieron sendos movimientos: sacaron su cartera y me dieron billetes, grandes, no cualquier cosa. Y órale, que las monjas las imitan. Ya tenía en las manos una fortuna. Los demás pasajeros no se quedaron atrás, casi todos, y supongo que más por un espíritu de imitación que porque de veras lo sintieran, fueron hasta mi lugar y depositaron dinero en mis manos. Era imposible calcular. ¿Tendría medio millón? Pero había un buen de dólares... ¿acaso un millón?

Cerré los ojos y le pedí a Dios que me dijera qué hacer con ese dinero. Digo que cerré los ojos y vi el cuerpo del chinito, de mi amigo, que se cruzaba entre la pistola y mi persona. Vi todo a media luz. El chinito estaba en mis brazos. Tomé su mano. Sentía cómo se le iba la vida. Él me apretaba, como si quisiera triturarme, como si de ese apretón dependiera su sobrevivencia. Un hilito de sangre le empezó a escurrir de su boca. Peiné su pelo y le limpié el sudor, que había comenzado a perlar su frente.

Volábamos sobre la ciudad de México. Hacia arriba la noche era inefable, y hacia abajo un océano de luz nos daba la bienvenida. Entonces me dijo:

—Milal cuántas lucecitas...

—Sí —dije—, un buen.

—Yo sabel que tú quelel sel una de esas lucecitas y no una glan lampalota, la más glande del mundo, como un lefletol de jóligu.

—Es cierto —asentí.

—Complal tu bici de caldas —continuó— y malchal a tu casa. ¿Y sabel qué?

—¿Qué cosa? —pregunté, tan atento como los astrónomos cuando miran las estrellas, o un niño cuando ve aterrizar un avión o se le va su globo al cielo.

—¿Qué cosa? —pregunté, una vez más.

—Siemple pensal que en la vida todo sel bloma, como que dos más dos sel cuatlo. Y no tomalte en selio.

Sí, pensé yo. Eso haría. Y me vi tocando el timbre de mi casa. Oí los pasos de mi mamá que acudía a abrir presurosa. Porque seguro estaba híper-histeriquérrima, ¿o no?